ギフトライフ

古川真人

Makoto
Furukawa

新潮社

ギフトライフ

わたしは木の根元に歩いていくと言った。

「あなたは、何を捜しているんですか？」

《散れ！　ひとりだけで居続けろ！》

「わたしもそうなんです、あなたのように娘さんじゃないけど。だから、もし良ければ一緒に捜しませんか？」

《集まるな！　産め！　道は一本しかない！》

「あなたも、何かを捜しているんですか？」

三人目の女の人が話しかけてきたから、わたしは驚き、わずかばかりだが喜んだ。

《道は手を繋いで行けるほど広くはない！　散れ！》

昼にオフィスで面談しましょうと所長から言われて出社したときには、おおよそ何を言われるのか予想はついていた。溜まっている休みをまとめて取れ、そうでないとあなたの信用ポイントにも響くことになるだろうから――実際、正面に腰掛ける所長がぼくの食べるコンビニ弁当に視線を落として肉尽くしだねと笑って言ったのは、すでに休暇の申請を今週末までに出してほしいと切り出されたあとだった。

「九月いっぱいは肉系の弁当がセールとかで、駅前のコンビニで安売りしていたんですよ」と、ぼくは言って塩辛いソースをまとった肉団子を口に運ぶ。

「カロリーがすごそうだな。あなたも気をつけてね、やっぱり健康は一度失うと取り戻すのがね……休みをあまり取らないっていうのは訳があったりします？　時々こういう機会を設けて従業員の働き方を把握しなくちゃいけないから、きょうは出社してもらったんですけど」

「理由はないですけど、まあ強いて言えば妻が育休を取ってますから。ぼく自身も基本は家で子供の面倒を見ながら仕事してたんで……まあでも、うっかり忘れてたのが理由です」

「あれですか、うち以外だと」

健康に気をつかっている所長のことだからベジミートを使ってるんだろう、手の平からはみ出る大きさのケバブにかぶりつくとしばらくして促すようにそう言った。

「二社ですね。一社が『企業』の下請けで、あと一社が更にそこからの下請けです」

「そうですか。ほかでは育児休暇を申請して、代わりにうち一社に集中してくれてるっていう感じですね？　じゃあ、今日も奥さんとおうちでゆっくりしていたはずだったりしました？　来てもらっちゃって申し訳なかったです」

いいえ、そんな、たまに外に出るのも気晴らしになっていいですからとありきたりな返事をしたぼくに、所長は「もうひとつ、これ提案なんですけど」と言った。

そこでやっと、ぼくは呼び出された理由が休暇の申請だけではなく仕事を頼むためだったのだと理解した。

福岡に出張してくれと所長は言った。

この営業所でのぼくの仕事はレンタルドローンの保守点検だ。といっても実際に機体に触ってみることもなければ、そもそもドローンの内部構造や性能といったことは何一つ分からない。なのに、そう、ぼくはちゃんと働くことができている。どう働くかといえばまずタンマツに連絡がくる、どこそこの農場、工場、珍しいところだと富豪の私有地に貸し出したドローンに不具合が生じたって。不具合がどんな性質なのかぼくは知らないしまた知る必要もない。具体的な故障の情報はぼくじゃなくドローンの修理を担当する工場に行くから。だからやることといったら最寄りの営業所に連絡をして、新しいドローンを工場から送る手配をしたから故障機の回収と交換のための作業員を派遣してくれと伝える。

これだけ。でもこれだけじゃさすがに食べていけるだけの給料は得られないから他の会社にも従業員登録をしたうえで、中国政府から委託を受けＡＩによって反社会的な会話をしていると判断された人物を通報する前の、翻訳された書き起こしの文章を確認する業務だとか、病院の電子カルテの定期的な保存管理と廃棄作業だとか、そうした細かいちまちまとした、けれど社会に必要な――のかは分からない、でもぼくの収入となっている点じゃ大切な――仕事を他に二つ兼業することで、あと妻の稼ぎも加えてどうにか東京で暮らしていけている。

そう、本来なら東京に居たまま福岡の営業所に連絡を入れれば仕事はすむはずなんだ。けれど今回不具合が生じたドローンはぼくが回収しに行かなければならなかった。なぜならどうしても現地の人間を使ってやり取りできない代物であるせいで、東京営業所から派遣された従業員だけで回収と現地での梱包作業までをしなければならないからだった。別に現地の従業員でいいじゃないかと思うけど銃を備え付けてあるのが厄介だった。イスラエル製。元は軍用ドローンだったらしい。耕作地の害獣を駆除するためのドローンだった。

銃が装備してある特殊な事情に加えてカメラだとか各部品の材質だとかそういったものに特許関係の機密事項がごちゃごちゃと付いているらしく、だから「企業」に連なる系列として特別に管理事業を任されたこの営業所に所属する従業員しか、不具合の生じたドローンを扱ってはならないという規則になっていた。

というわけでぼくが出張するはめになった。

でも、なんでぼくが？　他にも従業員はいるのに。

なんでなのか、それは分からない。ここで働きだしてからいつの間にか銃がくっ付いたドローンの管理ならぼくにお任せみたいになっていた。数か月に一度、貸し出し先から連絡を受けて銃の弾丸を配送する手続きをしてはいる。それから回収後の新しい機体の配備の手続きも。弾丸と、交換したドローンに関してはさすがにぼくじゃなく現地の営業所が持っていってくれる。頻繁に弾の替えをくれと言ってくる取引先なんかは、きっと山の裾野まで目いっぱい耕作地として拓かれたところもあって、そういう場所なら猪や猿の類もたくさんいるに違いない。でも中には、ほとんど毎月のように弾を持ってこいと言ってくるところもある。そんなに撃つほど害獣って多いんだろうか？　それとも威嚇射撃をして追い払っているから弾がすぐになくなる？　そんな疑問を手続きしながら思い浮かべることはある。けれど理由を知ったところでぼくの生活には関係ない。東京のマンションで妻と三人の子供と暮らす生活に、どうしてドローンのぶっぱなす弾の行方が関わるだろうか。ちょっとでもそれが関係するとすれば、ぼくにとってドローンのあれこれの手続きを処理することが生きていくうえでの必要な稼ぎとなっている点だけなんだ。

そして、その稼ぎを得るために所長が提案してきたのが九州北部の特区内に墜落したドローンの回収だった。

「またですか？」と思わずぼくは言った。舌打ちもしたかったけれど、かろうじてそれは堪えた。

そこでは去年もドローンが落ち、今日みたいに所長から頼まれたぼくが取りにいったんだった。

「そうです。具体的な場所を今から出しますが、ええと……」

そう所長は言いながら、机に指を這わせる。

もう片方の手には残り一口というところまで食べ進めていたケバブが曲がった人差し指

と親指のあいだに置かれていた。下にソースが落ちるんじゃないかとぼくは思いながら、机の片端に立て掛けられた半透明のモニターに目を向ける。

「ここですか？　特区の中ではあるんですね？」と、やがてモニターに表示された地図の区画にぼくは顔を近づけて訊く。

「中なんだけど、この地図じゃ表示されないな。ちょっと待ってくださいね、メールでは収容施設ってあったから……うん、収容施設で合ってますね」

「その施設の敷地内に落ちちゃったんですか？　一応なんですけど、『企業』の関連の施設なんですよね。あれ？　なんか……」

　そうぼくが言ったとき、所長は自分の片手にあったケバブの存在に気がついたようだった。口に放り込み、返事をする代わりにスープが入ったコップに唇をつけながら首を縦に振る。

「そうです、敷地内にね。で、もちろん特区内だから『企業』の関連施設なんですけど、どうしました？」

「いや、ああ、なんだか見覚えがある山の形だなって思っただけです」

「出身は福岡ですよね？」

「はい。両親は今もあっちの居住区に住んでます」

「どうでしょう、休暇を取ってもらうじゃないですか。それで、もしよければこうしませんか？　出張で機体回収のために九州のほうに行ってもらって、回収が終わり次第お休みに入ってもらうというのは。そうすると、うちも月末までに上に回収の報告ができるし、あなたも溜まっていた休暇を消化できるんじゃないですか？」と、所長は言った。

「じゃあ、さっき今週末までにっておっしゃっていた休暇申請は前倒しでやらないと駄目ですかね？」

「そうですね。今日明日のうちに決めて送ってください」

なんだよそれ、と思った。ぼくは別に休みを取りたくないわけじゃない。まとめて休暇を取れと言われればそれは自分にとって、また家族にとって有意義なものにしたい。月末までにドローンを回収するとなると、遅くともあと五日後には福岡に向かわなくちゃいけない。そのあとに連休をどうぞって言われても困るんだけど。

にもかかわらず、だ。

「わかりました。休暇の申請のときに出張の手続きも一緒にしていいですか？」と、ぼくは即座に言った。

出張しろと言われた以上こう答えるしかないんだった。名目上断ることはできるけど実質的にはできない。業務への適性を欠くと所長が判断すれば、この営業所のずっと上流に位置する本社へ報告がいく。本社は「企業」の提供する人材評価データベースにその旨を記載する。政府はそのデータベースの評価を、ぼくの情報バンクに反映させる。

それぞれ別の人格と別の機関による、判断と報告と記載と反映の結果、待ち受けるのは信用ポイントへの悪影響だった。ぼくは曲がりなりにも三十数年生きてきてそのことを知っている。そして恐れている、信用ポイントを最後のひとつまで失い、働き口も住処も得られなくなった末にいずれ逸脱者としてニュースに名前を報じられる日が来てしまうことを。

「ええ。どちらも早めにやっちゃってくれていいんで。あとね、去年と同様に特区への立ち入り許可もあらかじめ得ておいてください」と、所長は言った。

提案の形を取っている命令だったからか、さすがに一方的な印象を拭い去りたいと所長は思っているらしい。地図が表示されたままのモニターを見つめるぼくの方に顔を向けた所長はふと思いついたみたいに、

「お子さんは二人でしたっけ？」と言った。

「三人です」

「学校に上がっているのは？」

「あ、そうです。二人です」と、ぼくは答える。

「どちらのお子さんも、もうキャンペーンは利用しました？」

「ええ。長女は二回、長男は一回利用しています」と、ぼくは答えて言う。

キャンペーン、正式には「ディスカバー・ルーツ・キャンペーン」というもので、簡単に言えば適性判断学校、いわゆる適判に通う子供を連れて帰省したさいに、その土地で一定額以上のポイントを使って観光や買い物をすれば子供に信用ポイントを付与っていうか還元するよっていう政策のことだった。ガキのうちに信用ポイントを稼ぐことができるのは適判を出たあとの学校選びに有利で、また卒業するまでなら好きなタイミングで何度でもキャンペーンを使えるものだから、ぼくは妻と相談したうえでこれまで帰省時に二度利用していた。キャンペーンのおかげで上のふたりの子供たちは適性支援学校もハイクラスなところに入学できるかもね、なんて妻とはしばしば話していた。

「じゃあ、都合がいいかもしれませんね。ほら、ご実家が福岡だったら、出張ついでに家族いっしょに帰省できるじゃないですか。そうすれば、少なくともいちばん上のお子さん

は三度もキャンペーンを利用したことになる。これも提案なんですけど、奥さんとお子さんの分の切符ぐらいなら出しますよ。『企業』からリニアの優待券がうちに何十枚と来ているんですけど、けっこう持て余しているものだから……予定も立てられない急ぎのスケジュールで出張してもらわないといけないんで遠慮なく。もちろん、奥さんの意向を聞いたうえで判断してもらって」

なるほど、とぼくはつぶやいた。こうなればキャンペーンを使わない手はない。ぼくがドローンの回収に向かうあいだ妻には子供を連れて実家に行ってもらう、翌日からは連休。実家には父と母が、子供たちからすれば「じいじ」と「ばあば」がいるから面倒を見てくれる。そのあいだにぼくは仕事の疲れを癒すことができるんじゃないか？　それでドライブしてどこかで買い物すればキャンペーンも適用できる。

そう考えると所長の提案は良いように思えてきた。あとは妻に言って腰を上げてもらうだけ、とぼくは考えをまとめて、

「わかりました。休日の過ごし方は妻とよく相談して決めようと思います。チケット代については、ありがたく利用させていただきます」

そう答えたところでタンマツが鳴った。ちょうど昼の休憩が終わったことを知らせる合図だった。

「ええ、ぜひよく相談して。妻とよく相談して決めるっていう言葉は、なんだか古いドラマの台詞みたいですね」と、所長は笑いながら言った。

「そうですね。気づかず使っちゃいましたが、なんだか親や祖父母世代の時代の言い回しでしたね」

「そう、すごい昔の。とにかくよろしくお願いします。なんだか無理を言ってすみません」

　ぼくと所長は同時に椅子から立ち上がった。このとき、机の上に赤い点がひとつあるのを所長は見つけ訝しげな目つきをした。ケバブのソースだと気がつき、備え付けのティッシュを一枚取って拭いながら、

「言い忘れてたけど、ドローンの墜落原因は大体でいいので調査と対策のレポートを作っておいてください。同じ場所で二年続けて落ちたっていうのは上も気になってるみたいですから。これは休み明けにでも共有してもらえたら大丈夫なんで」と部屋を出ていきかけていたぼくの背中に向かって所長は言った。部下の休暇の消化もドローン墜落という懸念もいっぺんに片付いて申し分ないとでも言っているような、満足した声だった。


　家に帰ったぼくは妻に出張の件を伝えた。そのあとに連休が貰えたことも、ついでにみんなでぼくの実家に帰ったらどうかって考えていることも。

　妻からは反対を受けた。それもかなり激しく。

　色々と理由を並べて今東京から福岡に行くのは困ると妻は言っていた。ぼくは聞きながら、でも旅費が浮くしポイントが付くんだからって繰り返した。そのうち口喧嘩になった。

　諍いの舞台は、もうあらかた食べ終えた夕食の空いた皿が並ぶ食卓だった。妻の座る前には平皿とマグカップが置かれている。そのすぐ横にはまだ赤ん坊の次男が座っていて眠気と闘っている。妻と対するぼくの方には、横に長男が腰掛け神妙な面持ちで黙りこくっていた。さっき、

「お爺ちゃん家《ち》に行けるの？」と思わず口にした一言がどうやら母親の神経にさわったらしいことを察し、子供ながらにばつの悪さを感じているようだった。

ぼくの右、妻からは左には長女が座っている。こちらは長男よりもずっと早くから両親のあいだに生じた緊張を感じ取り、弟と同様に居心地の悪い思いも胸に抱いてはいるようだけど、彼女は「無関係なんで」って表情で食事を続けている。そうして時折長男のほうに視線を向けるのだけど、それは彼が食卓の上に降りかかった重たい雰囲気から一人遊びへの没頭によって逃れようと、子供用の小さな皿にプリントしてある木の絵をフォークで削り取ろうとしているらしいのを、無言のうちに非難している様子だった。

この子供たちの態度も、妻の反対に劣らずぼくを苛つかせる。でも彼らは少しも悪くない。彼らからすれば巻き込まれたようなものだろう。お父さんもお母さんも早く声と目つきを柔らかくして。身体の力を抜いて。部屋に充満した嫌な雰囲気をお互いの笑顔で吹き飛ばして——こんな願いを彼らは無言の内に抱えている。それが伝わってきて罪の意識を抱かずにいられない。

ぼくは苛立ちをはっきり表情にあらわしつつ、もう何度目になるか分からない妻の「なんで事前に言ってくれなかったのかって訊いてるんですけど？」という言葉を聞いている。

「だから、さっきもそれは言いましたよね。連休の申請自体をするつもりが無かったって。で、あなたはさっきから、そのことを理由にして会社に強く言えない夫だっていうふうに印象づけようとしていますけど、それって不愉快になるからやめてくれませんか？」と、ぼくは答えて言う。

「別に、会社に対等に交渉できないことを責めているんじゃありません。今年に入った段階で、休暇を取らないといけないことは分かっていたわけでしょう？　だったら、そのことをわたしにあらかじめ話したうえで、場合によっては数日間続けて休む可能性があるかもしれないよって、そう言っておいてくれたら、わたしだって諸々それに合わせた予定の組み方ができましたよねって言ってます」

「分かりますよ。あなたは、誰でも好きなときに休めるでしょうって、そういう前提で話していますよね？」と、ぼくは鼻を鳴らして小さく笑い声を立てながら言う。

「そういう話じゃなくない？」

「いや、いや。ぼくが話しています。ぼくが話してるから……」と、妻の言葉を遮って、ぼくは続ける。

「だから、今はただでさえ他の勤め先の規定で育休を取ることになって、おまけに時期が被っちゃったせいで、ぼくは収入を見込める働き口が絞られているでしょう？　だったら、最後に残った勤務先で提案された働き方に対して、ある程度ぼくの側が合わせないといけないのは当然だよね？　それでさ」と今度は、妻がぼくの話が終わらないうちに、

「ええと、それはあなたの働き方の都合ですよね？　わたしが子供たちを連れてあなたの実家に帰省する理由になるのっておかしくないですかって、ずっと訊いています。出張で福岡に向かうんでしょ？　だったら、別にあなただけがあちらのお義父さんお義母さんの家に泊まって、翌日に帰ってくればいいんじゃないですか？　キャンペーンを必ず利用しないといけないって、そういう義務があるわけじゃないんだから」と、言った。

　結婚の前から薄々感じていたことだけど、妻はどうやら急な変化に合わせて行動できない性質の持主であるみたいだ。これが遺伝だったら？　この難儀な性質が子供たちに受け

継がれる可能性は？　それはともかく、そんな性質の彼女が言いたいのは急な約束には応じられない、休みであろうとなんだろうと家に居たいの一点張りだった。

「もちろん義務じゃないよ。でもポイントが溜まるんですよ。利用しないほうがおかしいじゃないですか？」

「それ、やめて。傷がついちゃうから」と、不意に妻は長男の目の前に置かれた皿とフォークを取り上げながら言った。彼はいよいよこの食卓の空気から逃れる術を失い、途方に暮れたようにぼくの方を見た。だから、励ますように子供の目を見つめて微笑した——大丈夫、ぼくの方は冷静なままだから。

　結局その日の夜遅くまで交渉は続き、最終的には妻も連休を帰省先の実家で過ごすことに合意した。ただし当初の案は却下され、一人先に向かったぼくが仕事を済ませた翌日にリニアに乗ってきた妻と子供たちと合流して、家族そろって実家に向かうことになった。義理の両親の家で、夫抜きで過ごすことの気苦労を妻は嫌がってたんだ。だったらそう言えばいいのに。まあ愚痴は言わないけど。とにかく夫婦喧嘩をしたとはいえ、おおむね所長に提案された通りの連休を過ごせることにはなった。あとはドローンを回収するだけ。

　愚痴は言わない。だけど、それでもやっぱり言いたくもなる、特にすることのないときには。今ぼくはリニアに乗って、視界の片方を前から後ろに引きちぎられるように景色が動いていくのをぼんやりと眺めている。

　大体、出産してからずっと本調子じゃないという妻の為に、栄養バランスが考慮されたレトルトを大量に注文したのはぼくだ。言い争いをしたときの食卓にもそれらを温めた料理が並んでいた。皿に盛り付け食卓に運ぶのは妻の仕事。でもそれまでのあいだ居間のソファで一緒に観ようとせがまれる動画に目を凝らして子供たちの質問に答えてあげたり、分かっているけど知らないふりをしながら「できたから、こっちに来て座りなさい」という妻の言葉を待っていたのもぼくだ。食後にも子供たちの寝かしつけを手伝った。なのに妻の目には身勝手な夫と映っている。

そう、ぼくは胸の内で愚痴を思い浮かべている。窓の外には富士山が見えていた。青く澄んだ空を背負った、雪の冠を被っていない、ごつごつ、ざらざらとした岩肌に日を浴びた夏の霊峰の姿。と、窓が虹色に点滅し、

子だくさんで朗らかに　日本のミライのために多子家庭率の向上を！

というスローガンが富士山の前に浮かび上がり、しばらくすると、

リニアの車両カラーをイメージした特別パッケージの妊娠誘発剤をワゴンで販売しております。こぞってお声がけください。

今度は青空を背景に、そう白い文字が表示される。十秒、十五秒ほど映っていただろうか。また窓が点滅して、今度は「企業」の報道部配信というニュースが窓の一部に映像つきで流れだすのを、ぼくは別に見たくもなかったけど眺めながら再び妻の顔を思い出す。母親愚痴ってはいるけど妻の立場になって考えてみれば、彼女は何よりも母親なんだ。母親

である以上は変化よりも安定を生活に求めるのは当然だろう。彼女が神経質な性格であるからって、それも別に彼女自身の罪じゃない。

中絶の〝自由〟叫ぶ違法デモ　活動家逮捕

このニュースはちょっと面白そうだな。目と口だけが出たマスクを被り、公園かどこかの銅像の足に腕を絡みつけて、警察官がその先端を摑む旗を奪われまいと抵抗している女の姿。生っ白い脚を露わに台座に踏ん張っているが、何しろ十数人は居るだろう警官を相手にしているのだ。やがて像から離れた腕が空を摑もうとでもするみたいに振り回されたかと思うと、女は紺色の塊の中に落ちていって――「実績で選ぶなら！　不妊治療の相談から入院まで手続きはタンマツで簡単にできます」すかさず入ってきたコマーシャルの内容が自分と関係がなさそうだったから、ぼくの愛する妻はあんな勘違いした逸脱者ではない、とまた考え事に戻っていく。

そうだ。ぼくは妻を愛している。確かに彼女には欠点も存在するけどこれは彼女が肉体的にも精神的にも正しく発達していて、家族を形作る上でお互いに協力しあえるという信頼があるからこそ目につく欠点だとも言えるんじゃないか。なんだかんだ言ってよい妻なんだ。それによい母でもある。彼女と出会い、そうして彼女が妻となり母となる段階を経ていくのと同じようにひとりの男に過ぎなかったぼくも、夫として父としての自覚を持ち成長することができたのだから。

「ディスカバー・ルーツ・キャンペーン」をもっと自由に！　もっとお得に！　ご帰省に合わせたパックツアーのご提案。おじいちゃんおばあちゃんの家で過ごした後は快適な温泉旅行を組み合わせてみては？　食べ歩きや世界遺産になったあの場所この場所に行きたい！　そんな声に応える大満足プランはこちら　旅行後の利用申請も代行！　伝統と文化の国ニッポンの里帰りをまるごと応援します。

へえ、パックツアー。安いのかな。そう、妻のことだった。でもよい母ってのも考えもんではある。なんていうか、夫婦と三人の子供っていうのが妻にとっては家族の全てなんだ。ぼくの両親とそれから自分の両親をこの家族の中に参加させるのに、彼女は妙に消極的だったりする。でもその家族観は間違いだって政府が言ってた、よくコマーシャルで、ええと「これまでも、これからも。ニッポンの伝統家族は三世代同居。行き過ぎた個人主義家庭にNO！」そう、思い出した。ネットでしょっちゅうPR動画が流れてくるから。でも、親世代と距離を取っていたいというのは彼女に限らなくて、再生産可能世帯にままある傾向らしい。その結果、上の世代との関わりが今の子育て世代の中で薄れ、日本っていう国が弱体化するのを防ぐために始まったのが「ディスカバー・ルーツ・キャンペーン」なんだった。前にこのキャンペーンの仕掛け人だっていう「企業」の宣伝部の人のドキュメンタリーでそんなことを言ってるのを観たな、そういえば。

リニアは大阪の居住区を通り過ぎた。ここから広島までは果てしない無人地帯。山と森と畑。川の傍に何かの工場跡地。元は居住区だったんだろう、明らかに住む者のないくすんだ色をした外壁のマンションが建ち並んでいるなと思っていると、すぐに窓が暗くなって座席に付いているモニターに「ただ今重要施設及び日米共同管理区域周辺を通過中のためタンマツの利用が制限されています」という表示が出る。一分ほど経って再び透明を取り戻した窓の向こうに整理された区画が大地に広がり、点々と何かの施設が建っている。そこは全て「企業」の特区内なんだろうけど、うちは九州が販路のメインだからこの辺りには一度も立ち入ったことがない。ぼく以外の誰かがこうした場所にドローンを納入しているんだろうか？　山に森ばかりだから、きっと害獣駆除のための銃を搭載したやつがふわふわと巡回しているんだろう。

　海が広がったかと思ったけど違う。水生の微生物を利用したバイオ発電の培養プールが見渡す限り広がっていて、その、空の色を映しとった水面が海のように見えているんだった。関西の発電地帯だ。「海」が途切れたら今度は色とりどりの平野が出現した。自動車とバスの墓場。次は廃材置き場にどこからか運ばれ積まれて小山をなす砂礫置き場。それらのどこにも人の姿は見えない。

　ニュースに出てきた女に比べたら妻は立派だよ。中絶なんていう恐ろしいことを口走らないんだから。次男を産むときに医者からは母胎へのリスクについて説明を受けたけれど、立派に妻は自分で産むって代理出産も体外出産も選ばなかった。次世代に国を受け継いでいくために自身を喜んで犠牲にできる母。勲章もんだな。

　それにありがたいことに、三人目を産むさいに彼女はこちらの気持ちをよく汲んでくれた。三人産めば多子家庭の認定を受けることができ、大幅な信用ポイントのボーナスが付いてくる。でも、それは無事に生まれて役所で書類を交付されてからで、ちょうど二人目の学校への入学でばたばたしていて余裕がまるで無かった。それまでに貯めていたポイントの節約で何とかしのぐほかなくて、代理にせよ体外にせよ手痛い出費のかかるサービスを利用するなんてとてもできなかった。だから彼女も自身で産む選択をしたわけで……そういえば三人目のチビを産んでから彼女はどこか態度がきつくなったような気がする。腹を括ったんだろうな。口調もきつくなったし。

でも図太くなったのも、もしかすると次男への不安があるからなのかもしれない。出産後に受けた次男の適性検査の結果を医者から伝えられたとき、ぼくと見合わせた彼女の顔は完全に不安そうだった。最初から分かっていたんだけどぼくも不安だった。ぼくらの間に生まれる子供は、ごく若干ながら適性が下振れすること、下振れの顕在化を抑制しつつ二人目以降の子供をつくる場合には、可能な限り二十代後半までに出産をすませることを、一人目ができたとき医者によって推奨されていた。どうにか二人目まではお互い二十代のうちに間に合った。でも三人目は三十代での出産になった。次の定期検診で次男の、よりはっきりした適性が判明する。そのとき上の二人の子供がそうだったようにどうにか大丈夫なら――つまり、正常な適性なら出生時ボーナスに加えて国や市、それに「企業」からもお祝いのポイントが加算される。このボーナスポイントの有無が今後の次男の進路にも大いに影響してくる。

やはり彼女は母なんだ。自分の子供が適性ある存在であってくれと妻は祈っている。その願いが真剣だから時々態度や物言いがきつくなるんだろう。今のところ次男に変わった点や持病らしいものはない。きっと大丈夫。

200万PVを突破した人気動画を分かりやすく文字とアニメーションで解説！

『ついに高麗連邦の崩壊が始まった！　何もしなくても日本が勝利するこれだけの理由』知の巨人による最新アジア情勢解説の決定版！「グレヤマ先生」でおなじみのグレートアゲイン・ヤマト先生ご本人による見所紹介動画はタンマツから【リニアにお乗りのお客様限定！】降車されるまでに購入した方全員にグレヤマ先生の名著『中国共産党王朝の瓦解　進化心理学で読み解く中国必衰の法則』も付いてきます！

またコマーシャル。ニュースは終わったのかな。この作者去年にも似たタイトルのを売ってたんじゃなかったかと思いながら眺めつつ、ぼくは「自分の健康は自分で守る！　高コレステロール血症を防ぐ健康焙煎」とカップにプリントされたコーヒーを啜る。

そう、妻と子供たちのためには健康でいなければ。そして健康でいるにも何よりまずは稼がなければならない。不健康は生活の質を低下させる。低質な生活を送っていては求められる仕事をこなせない。仕事がままならない状態が続けばポイントを稼げない。簡単な話だからこそ難しい。その点ぼくは恵まれたことに元から脂肪がつきにくい体質なんだった。一応は血中コレステロールを減らすと銘打ったコーヒーなんて飲んでいるけど遺伝的適性を授けてくれた両親には深く感謝しなければならない。

【地域ニュース】身近な人々に感謝を伝える詩のコンクールが京都で　適性良好児増産運動に尽力した元ゲノム研所長オウミシュウシンの名を冠した詩のコンクールが先月7日に京都府居住区で開催された。適判就学生部門ではトノオカサクラちゃん（7歳）の「ありがとうはココロのワクチン」と題した詩が最優秀賞を受賞し会場で披露された。選考委員である詩人ヒメモトコンさんは「思いを歌にこめる日本人の伝統を通じて国に貢献する催しになったと思う」と述べた――知っトク情報！「日本を想う伝統めぐりパック」でホテルをご予約いただくと、血縁者が京都に居住していなくてもディスカバー・ルーツ・キャンペーンが適用されます。

そう、父と母には感謝しかない。東京で働くことにも妻とマンションで暮らすことにも二人は反対しなかった。これはぼく以上に二人にとって重大な決断だったはずだ。何しろ三世代同居をする家族に付与されるボーナスポイントは、これに多子家庭認定の点数を加えたならば家が一軒まるごと買えるほど。よし家を買わなくたって福岡の居住区に建つどんなマンションにでも優先的に入居できた。

その安定を捨ててしまったのは時々悩むことである。本当に良かったのか？　今の暮らしも貧しいとまでは言えないとはいえ豊かなのかと。でも一応暮らしてはいける……いや、分からない。今はともかくぼくと妻、それに子供たちがこれから先、果たしてどうなるのか？

だからやっぱり先立つものはポイントなんだ。少しでも稼げば家族についての将来の不安も軽くなるし、今よりも少しは贅沢だってできる。三つの会社に所属して、それぞれ期日も内容もばらばらな仕事を投げ渡される。オフィスがあったりなかったりするそれらの会社にほとんどはディスプレイ越し、もしくは仮想空間に参加して打ち合わせや仕事上の相談をし、だけどそれでぼくは一体月に幾ら稼いでいるんだろうか。

まるで分からない。月終わりに入ったポイントも、月の半ばにはいつの間にか諸々の支払いで消えている。支払いを済ませて有り金がいくら残っているのやら。いや調べようと思えば調べられないことはないんだ。だけど、そうする必要が日常生活の中でほとんどまるでない、よほどの出費だとか家族に関する役所への早急な手続きが必要な場合をのぞいては。三つの会社の支払日もばらばらで、自分の仕事が、自分の力量が、適性が、どれだけの価値を持ちどれだけのポイントに換算されて対価として日々手渡されているのかもぼくには分からずにいる。

「これはヨシムラさんが言ってたんですけどね、所長が勤めてるのうち一社だけじゃないですか。あれどういうことか知ってます？」

いつだったか同僚と打ち合わせをしていたときに何かの話の流れで教えてもらったことがあった。

「え、どういうわけなんです？」と言って聞けば、所長の父親と母親は共に「企業」の役員なんだそうだ。道理で一つしか勤め先を持ってないのに貧乏してる様子がないわけだ。所長はぼくとあまり歳が違わないっていうのに。

本当に羨ましい。次男の出産にかかった費用を支払うため、所有ポイントを円に換算して預金残高を確認したら、あんまりにも少ないのに驚いたのが去年のことだった。だけど不思議なことに現状ぼくは暮らしに困らず、日々の内に暗い影を見出さずに済んでいる。これはやはりよい国に生まれた証ではないだろうか。なのに、これもいつだったか日本は衰退していると言われたことがあった。

リニアはついさっき広島の駅に停まって、あと少しで福岡に着く頃だった。コーヒーを飲み干すとトイレに向かう。個室の便座に腰を下ろして小便の音を聞きながら、一方でぼくは思い出している。かつて短い期間だけ同僚だった男と交わした言葉が耳の奥でよみがえる。

「日本は、街の中に全然カメラが見当たりませんね？　旅行者は、だからそれが不思議で仕方がないそうですよ。私も時々不思議に思いますしね。中国で言うところの保安部の人間に監視されていないのに、どうして日本人は自由に生きていないんだろうって」

　勤め先の一つで、互いに出社日が重なっていることから仕事終わりに世間話をぽつぽつとするぐらいの間柄だった台湾出身の男が言った。

「今だって十分に自由なんじゃないですか？」と、ぼくは男の言葉に返事をした。

「それはそうですけどね。いまは台湾も中国政府の手でカメラだらけです。私が日本に来る前からそうでした。だから母は、表立っては禁止されている酒を飲みに出かける父の背中を見ては嘆いていました……そら、あの男はまた黄の爺さんの所に酒を買いに出かけてるぞ、監視員もそう言って呆れているに違いないって」と、男は言ったから、

「へえ。そんなにカメラが多いんですか？」

　そう言って話を向けると、

「それはもう。夜市のゴキブリと同じくらいそこかしこに潜んでますから」と笑って、男は台湾島に限らず中国全土の街角に置かれた「眼」の事情を話してくれたんだった。

　世界に先駆けて信用ポイント制度を導入した中国では、どういう理屈かは分からないけど不思議なことに軽犯罪が増えていると男は言う。中国の研究者の話では個人の内面を取り戻そうとして無意識に信用をなくす行為をする結果で、これは一種の拘禁症状ではないか、そんな意見も出ているという。だから、そういった犯罪の取り締まりを強化するって

いう名目で監視カメラが大活躍しているって話だったから、

「だけど、確か中国の信用ポイントって日本と違って、あれですよね？　加点の融通が利かない代物なんじゃなかったですか？」

「ええ。だから軽犯罪なんでしょう。取り返しがつかない減点に至る馬鹿な真似はさすがにしない、けれど飲酒や喫煙だったり、党大会に合わせてネットに過激な書き込みをしたり……そうすることで無意識に自由を取り戻したいんじゃないでしょうか？」

「あなたのお父さんも？」

そう訊くと、

「いや、父の場合は単に依存症ですよ。これはこれで困りものです」と、弱々しく笑って言う。

「それは大変ですね。じゃあ、中国に遅れて信用ポイントを導入した日本も、いずれは……ええと、あと三十年ぐらいしたら軽犯罪が増えるってことですか？」

「さあ。どうなるのか分かりません……日本の場合は自分で信用ポイントを増やせる機会も多いから」

そう、中国と日本では信用ポイントの運用が違っているんだった。中国版の信用ポイントは主に個人の社会生活や経済活動のバロメータとして位置づけられている、ポイントは個人の社会的価値に直接関わるものであるから売買や贈与が原則禁じられ、一人の人間に所与のものとしてしか流通できない設定になっている。ひるがえって日本は中国の逆を張ったというわけでもないのだろうけど、積極的に流通させるべくデジタル通貨と同じように市場で使えるようにした。どちらが優れた制度なのかは分からない。でも、同僚の話を聞くかぎりどうも中国では信用ポイント制度によって犯罪が増えてカメラがそれに伴って街中を覆い尽くした――だったらきっと、日本の制度の方が優れているんだろう。

それからまたカメラの話が続いて、男は、台湾中に設置されたカメラによって、街中で違反をした者は、半日も経たずに違反の通知がタンマツに届き、中国版の信用ポイントが減点されることを教えてくれた。それから更に金持ちはカメラに映らないと言う。というのも政府の上層部と繋がりをもつ彼らは何らかの手段を講じて、違反している姿がカメラに映っても映像を保存されたり照会に利用されないようにしていると男が言うのに、

「へえ。やっぱり、どこの国でも社会の上の方に行けば行くほど、利用できるものも増えていくんですね」と、ぼくは感心して言った。

「ええ。偉く、金持ちになればね。日本はそうじゃない、カメラに囲まれた生活じゃない。なのに、どうしてここに暮らす人々はみんな規律を守って、毎日自分の情報を『企業』に渡して、それで安穏としていられるのか分からなくなることがあります。だって、これは怖ろしいことじゃないですか？」と男が言ったから、

「そんなに怖いかなあ。カメラによる監視社会じゃないって、つまり良いことじゃないですか。確かに、ぼくら日本の国民は全員、自分の位置情報を一秒ごとに『企業』に提供し続けているらしいですね。具体的な技術は知りませんけど、とにかく提供していると政府も言っているし『企業』もそう言っている。ぼくらだって、もちろん納得して自分の情報を渡しています。そのおかげでカメラを街のあちこちに置く必要がないんでしょうし、便利なんだから良いじゃないですか」

反論というわけじゃないけど、そうぼくが答えて言うと、

「そこに自由はあるんでしょうか？」と、男は言った。

「ええと、自由があるっていうか、だって便利なんですから。『企業』のおかげでぼくは店で物を注文できるし、車を借りられるし、あとはホテルに泊まることもできますし。それから、もし何かの際に警察から呼び止められたとして、ぼくが怪しい者じゃないぞって、信用ポイントをちゃんと年齢相応に貯め込んだ人間なんだぞと証明できるのも、この首からぶら下げた、ぼくの行動を逐一『企業』に伝えてくれる小さなタンマツ一個のおかげなんですよ？　どこにいてもネットに接続して仕事もできるじゃないですか。働く上でも休日に外出する上でも必要不可欠な一切を担保してくれるのが『企業』の位置情報把握システムなんですから。だからまあ、便利さで選ぶなら自由よりも管理してもらう方がよくないですか？」と言ったぼくに彼は、

「分かりました。自由は要らないという意見を尊重します。それも生き方かもしれませんからね」

　なんてことを言うものだから、

「ええ。自由を欲しない代わりに何一つ不自由しない、とても便利な生き方です」と、ぼくもやり返す。

「生き方はそれぞれですけど……でも、不自由しないと言ったって、そこまで便利なものですかね。昔の日本はとても豊かだったじゃないですか？　世界でも屈指の経済大国だったって、私は学校で学びました。裕福じゃないなら、いくら便利でもできること少ないんじゃないですか？」と、男が言った。

「その、最盛期に比べたら日本が衰えているってことですよね？　そうかなあ。まあ、や

っぱり長い歴史と伝統を有する国なんですから、景気の波もあるんじゃないでしょうか。それにしたって、今現在が貧しいものだとは思えませんけど。買いたい物はどこにでも売られているし、学校や水道みたいな社会の基盤もちゃんと存在して、ぼくみたいな普通の日本人だって不満なく暮らせているんですから」

「買いたい物がどこにでも売られているとして、それはあなたが自由に買えることを意味しないのではないですか？」

「無尽蔵に買えるわけじゃないですよ。だけど、食うに困っているほど貧乏でもありません」と、ぼくの言ったことを受けてというより、同僚の男はふと自分自身の内に潜り込んでいくような口調で、

「それにしても不思議なのは、縮小し続けているとはいえ世界経済の中に組み込まれた巨大な一地域ではあるのですから、各国の情勢に連動するかたちで少しは盛り返しそうなものなのに。あらゆる経済指標を下向きにしか伸ばしていけず、それで一向に変化のない社会を形成している……やっぱり、どうも、私は来る国を間違えてしまったのかもしれない」と言った。

　この独り言めいた言葉を聞いた辺りでぼくは面倒臭いような気持ちになってきていた。帰り際にする会話じゃないよなあ、とぼんやり思いつつ、

「まあ、どこの国で成功するのかは、個人それぞれの運ですよ」と、愚にもつかない相槌の言葉を口にして話を切り上げようとした。

　男も一応、これでおしまいと理解したらしく帰り支度を始めたけれど、まだもう少しだけ男は言い足りないみたいで、

「衰退しつつ、そのことに不満を持たない四〇〇〇万人が暮らす島国っていうのは、やっぱり人口に比例してチャンスも少ないんでしょうかね？」とオフィスを出たときに飽かず言う。

「四〇〇〇万人は昔の数字じゃありませんでした？　今はもうちょっと少なかった気がします。まあでも、それじゃ。またオフィスでご一緒することがあれば……今度は難しい話じゃなくて、何か楽しい会話をしましょう」

先に言っておけばよかったと思っていたことをぼくは言い、男の前に手を差し出した。

「ええ。あまりこういう会話をするべきじゃないですしね」と、ぼくの手を握り返した男は言った。

だけどもう遅かった。後で聞いたところだと十日ばかり経って男は解雇され、「牛久送り」となったらしい。するべきじゃない会話は録音されていた。男は自らが言っていたカメラだらけの国に送還されて、自由より素晴らしいものについての教育を受けさせられているんだろう。解雇の名目の上では度重なるコンプライアンス違反とか何とか。台湾島の出身者は中国の然るべき筋から厳しく監督するよう日本に対して要求されていることを男は知らなかったんだろうか？

あの男の顚末はぼくにとって大きな勉強になった。そう、世の中を見回してみたって何もいいことはない。ただできるだけ違反と逸脱から身を遠ざけて、小さな暮らしを維持する。大事なことはこれ一つなんだってよく分かったんだった。

福岡に着いてすぐ食事を済ませるとシェアカーの駐車場に向かった。ドローンが積めそうな大きさの車を見つけて乗り込む。

タンマツを挿す。アプリの起動音が鳴りナビゲーションの自動音声が喋り出す。

「視線の読み取りをスムーズに行うため首、はシート、の白い部分からできるだけ動かさないでください」

「補助運転モードで目的地まで向かう」と、ぼくは言う。

「補助運転モードで、目的地まで向かう、を選択しました。ご使用のタンマツから、情報の汲み上げを行う、に同意しますか？」

「同意します。ちょっと休みたいからリラックスモードにできないかな？」

車が動きだし、駐車場を出ると居住区に住む人の行き交う街並みが広がる。

「指定道路以外でのリラックスモード、は選択できません。工業指定区域、に入ってから、もう一度リラックスモード、を指定してください」

「あんまりコマーシャルは流さないように頼むよ」

「コマーシャルを制限できるカーシェアプレミアムにご入会してみませんか？　自動車をオフィスに、カーワーキングスペースにする人も続々。静かな環境、健康管理アプリと同期することでトイレや入浴施設までベストなタイミングで移動できます。入会するとポイントが返ってくるお得な飲食店の情報……」

「入会しない。コマーシャルを流さないでくれって言ったのに宣伝するのか……」とぼくはつぶやきながら窓の外に建つ、壁の至る所に画面が取り付けてあって、ひっきりなしにコマーシャルの映像を連発しているマンションに目を向ける。リニアに乗っていた際の過ぎ去った景色の中にあったぼろぼろの廃墟とは違う、きれいな、商品とキャッチコピーとタレントの笑顔を壁面に映し続けている通勤にも便利そうな立地のマンション。窓だけはコマーシャルの放送を拒んでいるみたいに青空を暗く反映している。両親と一緒に住んでいればぼくもこういう場所に住めていたのかもしれない。もっとも今住んでいる所に不満があるわけじゃないし、それに何よりも東京と福岡では災害の規模と頻度がまるで違うからな。福岡ではのべつ幕なしの豪雨と台風の来襲も、首都にいればそれほど酷い事態にはならないっていう安心がある。この安心ってやつが子育てには大事なんだ。

車はマンションばかりの並ぶ通りを抜けて、どこもかしこも一軒家ばかりの建つ道に出る。どれもこれも同じ色の屋根、同じ色の壁、同じぐらいの高さの塀と門をした家々の間に防災情報とコマーシャルの映像を交互に流す掲示板。時々、大きな建物が姿を見せる。病院だったり学校だったり役所だったりする、それらの公共施設も同じような外観ばかりで、ここにもやっぱりコマーシャルのための画面が壁や駐車場の隙間を埋める。これらの公共施設っていうのはいつ居住区の再編計画があってもすぐに解体できるよう統一されているって聞いたことがある。

ふと、同僚と交わした会話を思い出し、

「ええと、今の日本の人口が何人なのか調べたいんだけど」と言う。

「政府広報のページ、にアクセスします。ページ内に動画へのリンクが見つかりました。映像を表示しますか？」

「させない。音声だけで、要約して人数だけ言って」

「現在、日本の人口は約三五九〇万人、です」

「去年生まれた子供の数は？」

「去年の出生者数は約、九五万人です」

「去年死んだ人の数は？」

「去年の死亡者数は約、三二〇万人です」

そりゃ減るよな。肉体の衰えと老後の貯えを勘案すれば七十歳を目途に安楽死を選ぶのが最も得なんだから。それに若者の中にも安楽死するのが少なくないんだ。人口が増えるわけがない。ぼくも将来安楽死するとして、妻や子供たちに遺せるほどのポイントを貯めることができるんだろうか？

ナビがまた、

「視聴したいコマーシャル、を選択してください。視聴したいものがない、を選択するとランダムでコマーシャルが再生されます」と言って美容だのホテル選びだの健康保険だのといったものを並べ、イラストをフロントガラスの下に表示させる。

ぼくは何も答えずにいて、やがてコマーシャルの音楽がシートの首置きに埋め込まれたスピーカーから流れてくるのを聞きながらドアの窓に目をやる。窓にも広告の映像が映っているのを意地でも見てやるものかとその向こうを動いていく街並みに目を凝らすと、そろそろ居住区が終わり工業指定区域の近くを車が走っているのに気がついた。この居住区と工場地帯の境に両親の家は建っていたが車の走る道は家の方角には向かわず、そのまま通り過ぎていく。

今年のはじめ、居住区の再編計画について父から電話があったんだった。どうやら、今両親の暮らす家のある辺りは再編地域の対象になったようでもう少しするとインフラが縮小されるから、引っ越し先の希望を役所に提出しなければいけないって父は言っていた。

そのとき話のついでみたいに公共施設の外観のことを父が話したんだった。父との電話を終え、もしかすると子供たちがぼくの生まれ育った家に帰省できるのは今年が最後かもしれないってことを妻に話した。両親が引っ越すみたい、まだ先のことだけど居住区が何とか地域になったからって言ってましたよ。

「重点的生活支援地域じゃないですか？」と、ぼくの言葉を受けて妻は言ったんだった。

「何地域ですって？」

「お年寄りの住む比率が高い地域を整理して、なるべく若い世代と同じ地域に住んでもらうんです。その整理される方の地域のことを重点的生活支援地域って呼ぶんですよ……支援っていうよりも放棄なんだけど政府としてはそうも言えないから」

「へえ、もしかして仕事で担当してたりするんですか？」

「ええ。勤め先のうちの片方が関わってますから。ていうか、わたしの実家も支援地域から引っ越したって前に言いましたけど、忘れちゃいましたか？」

最後の質問口調にぼくは何となく腹が立ったのを思い出しつつ、街並みが工場や広い駐車場と倉庫、上を往来する輸送用のドローンばかりになったのを見て、

「リラックスモードにする」と言う。座席が後ろにずれると同時に傾斜し、ガラスの上半分が暗くなる。身体に感じる震動、それにわずかばかりの重みで高速道路の入り口を車が駆け上がり速度が増したのを知る。窓ガラスの下半分からは工業指定区域の建物が見えている。今見えている工業指定区域も、これから通り過ぎることになる原則的に居住が許可されていない、というか住もうにも水道も電気もない居住不能地区も農業指定地区も、全てが「企業」の所有物だった。

「コマーシャルまで残り五、分です。コマーシャルを制限できるカーシェアプレミアムに」という声に、

「入会しない、を選択します。それから、コマーシャルも好きに流しといて。ぼくは返事をしない、ちょっと眠りたいんだから」とぼくは答えて目をつぶる。

「危険防止のため運転中の睡眠、は禁止されています」

勝手にしろよ。ぼくはナビゲーションの声を無視して腕を枕代わりにする。でも眠るのはあきらめて窓ガラスの向こうに目をやった。相変わらずの工場と倉庫。外装が白と緑に塗られた建物ばかり目についた。その内の体育館みたいな建物の壁には魚の絵と共に「中国に勝る完全養殖技術！」と書いてある。中でもひときわ大きな建物の壁には「北部九州総合加工センター」の文字と笑った顔のついた椎茸や手足のある苺、容器に繋がった管から鶏や豚や牛、更にその横にソーセージや焼き鳥にまで目や口がついた絵が「九州でつくった安全・健康・美味しい培養肉」という宣伝文句を添えて描かれてあるのが見えたから、一帯は農産品や水産品を加工する工場が集まる一画みたいだった。そこも通り過ぎるとリニアの車窓から見たのと同じような光景が、つまり山に森に畑に川の形作る景色が現れた。またリニアのときと同様にマンションや一軒家のようなものも草むらの海の中にぽつぽつと建っていて、草に埋もれるか大水に押し流されるかをじっと待っているみたいだった。

草むらの中にもかつては道があったようで亀裂の入ったアスファルトが、また川には橋の骨組みのようなものも見えているけど、どれもほとんど崩れたり折れたりしている。台風と大雨のせいだった。ぼくが生まれるよりもずっと前に、地球は二酸化炭素を吸ったり吐いたりする能力の限界を超えてしまったと適性判断学校で先生に教わった。この国の、

特に九州を昔から毎年のように襲う台風と大雨の被害は年々大きくひどくなっていった。毎年五回も六回も数百万人が避難し、その度に数万人の命と数十万人の住む場所が失われた。復旧なんてとても間に合わない。それでぼくが生まれる頃には、九州の三か所ばかりの都市に人口のほとんどを集約して、そこにだけ強靭で復旧の容易なインフラを整備、残りの大部分が居住不能地区に指定されたと先生は言っていた。人が住めないとはいえそのままにしておくのも不経済ではある。そこで政府は居住不能地区を同時に自然保護区や経済特区に指定し、資格を有する者に管理させることにした。

いや、正確に言えば政府は指定するよう働きかけられ管理させるよう働きかけられた。どこに？　もちろん「企業」に。

特区だけじゃない。日本の国民だってみんな「企業」に所有されている。個人情報の一切を提供してるし、仕事先だって「企業」の関連じゃないものはこの国にはないんだから。どこの業界だろうと繋がる先が全部そこに辿り着くため誰も一応はあるらしい社名を憶えておらず、ただ「企業」と言えば通じる。もちろんぼくの勤め先も一番上は「企業」に繋がる。妻の二つある勤め先だって。乗っている車のカーシェア事業だって、さっきからうるさく流れているコマーシャルだって「企業」が元で、それから災害が破壊的な威力を持つようになったと教えてくれた学校の先生を派遣していたのも「企業」。というかこの国自体がすでに「企業」によって運営されているんだ。で、それは何とか方式で運営されていたのだけど何だったたっけか、名称が思い出せない……

「検索したい単語やキーワードがあれば、おっしゃってみてください」と、ちょうどナビゲーションが言ったから、

「その単語やキーワードが出てこないんだよ、ええとね、何とか方式。日本の運営方法……」

ぼくがそう言うと、

「実行委員会方式について、検索結果の中から最適な情報を汲み上げますか？」と声が言うから、

「実行委員会方式だ！　汲み上げて。映像は開かないまま音声だけで要約して」

「実行委員会方式、とは？　政府と政府の主導する事業に参画する民間企業の間には実行委員会が置かれます。委員会はあらゆる政策の立案への政府・民間企業に対する助言を行います。また、実行される行政サービスのうち、公共の利益を担保するもの、特定の民間企業が独占してはならないと判断されるインフラ整備などを、政府と民間企業の両者に代わり執り行っています。実行委員会を置くことで、政府と民間企業それぞれの独立性を担保し、また意思決定者の複数化により責任の所在を分散させることで、それぞれの担当の専門分野や構造にとらわれない柔軟な発想によるサービスの提供を可能にします……視聴したいコマーシャル、を選択してください。視聴したいものがない、を選択するとランダムでコマーシャルが再生されます」

実行委員会方式とか第三者機関とか言ったって要は「企業」なんだ。そこに役職を持つ専門家だって全員が同時に「企業」の中にも肩書を持っている。彼らこそ現代の日本の成功者、ぼくなんかと違って将来について少しも憂慮の必要がない暮らしを送ることができる人々だ。

さっきから車は海沿いを走っていた。海辺の、さすがに作物を植えるために拓くことの

できない長い海岸が高速道路の下に見えている。昔は鉄道でも走っていたのだろう、トンネルの掘られた山の下に広がる浜の行き止まりに色とりどりの木々を使った屋根を持つ一軒の家が建っている。家の前の砂浜には寝そべることのできるベンチがひとつ忘れ去られたようにしてあり、そのすぐ傍にはバーベキュー用か氷水を溜めて飲み物を冷やすために使うのか、半分に切ったドラム缶に脚を付けた物が置いてある。それらの光景はすぐに山の緑の中に紛れ込んでいった。再び道が海沿いに出ると、今度はさっきとまったく同じ造りの建物が間隔を置いて十軒以上も建ち並ぶ砂浜が視界に飛びこんできた。どの建物の入り口も浜に面していて海には鮫除けのネットが張られているらしいのが水面に並ぶブイで分かる。

実行委員会の役員のような金持ちが骨休めにやってくるために、あの別荘群はあるんだった。いつだったか好きでたまに観るチャンネルの放送回で政府の環境政策をＰＲするとかいう企画があり、まさにこの海岸が映っていたことがあった。政府のというか実質的には「企業」の担当者が出演者と一緒に海岸を歩きながら話していた。ここは一帯が自然保護区で原則的に開発をしてはならないことになっている。ただし、周辺環境の原状回復を条件に別荘を建てて一定の期間利用することが許可されている。その上で原状回復義務の停止措置のサービスを購入することが可能なのです、云々。

このサービスの購入に必要なポイントが、動画を観ながら声を上げたくらい高額だった。とはいえ金持ちの余暇の過ごし方への感嘆と羨望は、

「ただですね、残念ながらあと十年でこの自然保護区一帯は完全に立ち入り禁止になってしまう見込みです。気候変動の影響で台風の発生が増加したおかげで海岸の土砂が急速に

削られてしまってますので、今歩いている砂浜も建物も崩壊している可能性が高いんです」と担当者が説明の最後につけ加えた言葉であっさりと消え失せたのだけど。あそこに建っている建物は、だからあと十年そこそこしか使えない別荘のための出費に懐が痛まない者たちだけの特権なんだった。

動画では別荘の所有者が一人だけ出演していた。ずっと昔から家の男子はみな政治家になってきた、先祖には総理大臣もいるっていう一族の長男とかでまだ若いのに世慣れた感じのする喋り方の若者だった。それから動画チャンネルを運営する若い女の子も事前収録の映像で登場していた。本当は現役の政治家や「企業」のお歴々もあの別荘の持主に名を連ねているのだろうけどＰＲ動画の性質上、彼らのことには毛ほども触れずに番組は終わったんだった。

ポーン！　スピーカーからした音にぼくは頭を上げる。

「現在、あなたの位置情報がピンされている地域でグルメ、居住区内の人気地域の優先入居枠、格安の病院といったトレンドワードでトークルームが開かれています。三十代男性、多子家庭といったキーワードで更に話題を絞り込み、トークルームに参加してみませんか？」

「参加しない。どうせ本当の人間じゃなくてＡＩが適当に人っぽく喋ってるだけなんだから。人なんか住んでないこの辺りにトークルームで喋っている連中がいるはずないだろ」

ぼくは溜息をついて返事をする。五分置きのコマーシャル。少しも休ませてくれない。おまけに興味がないっていうのにこうして返事をさせることで、たしかにぼくの頭の中にはグルメや物件や病院といったものへの関心の切れ端が意識に残ってしまう。で、いつかそれらのことを思い出して検索するときには、きっとコマーシャルに出てきた店や病院を選ぶことになるんだろう。ぼくは中国人の同僚をふと思い出しながら――中国は信用ポイントによって個人の内面を全部国家が管理することに成功した。自由と一緒に人民から猜疑を取り上げた。その結果が拘禁症状としての軽犯罪増加とカメラの海。日本はそうじゃない。徹底した管理の代わりに、この広告の洪水だ。取り上げないかわりに内面をごそっと広告欄にしたんだ。どっちの海が幸福なんだろう？　監視の海と広告の海だったら。なんてぼんやりと考えているのも、現在まさに広告の海に沈められようとしているからだった。溺れさせて、意識を朦朧とさせたいんだ――誰が？

「コマーシャルまで残り一、分です。コマーシャルを制限できるカーシェアプレミアムにご入会してみませんか？」

「コマーシャルも聞きたくもないし入会もしない」

誰が？　「企業」に決まってる。

「遺伝調査ならカミジョウクリニック。生まれてくる子供は選びたい、健やかな未来のために最高の状態で迎えたい、そんな夫婦の期待に応えます。すみずみまでスクリーニング。適性優良児オリンピックにも審査協力する当院の信頼と実績の編集技術は……」

鬱陶しい。ぼくが提供に同意した情報をもとに構成されているせいで、子育てだの出生前のスクリーニングだの、妙に胸を騒がすコマーシャルばかり流されるというのも気が滅入ってくる。隣に妻がいれば、さらに彼女の後ろの座席に次男が座っているとしたらもっとお互い不愉快な気持ちになっていただろう。

と、さっきまでひっきりなしにスピーカーから流れてきていたコマーシャルが聞こえないのに気がついた。フロントガラスには「ナビゲーション音声の切り替え中です　操作せずにしばらくお待ちください」という言葉が浮かんでいる。やがて、

「これより指定経済特別区域の中に入ります。プライバシー保護のため地図の表示結果が一部省略されています。オリジナルの地図を閲覧するには専用のタンマツ情報が必要です。お使いのタンマツから情報を汲み上げますか？」とナビゲーションが言って車は高速道路から特区に向かうための道に降りていく。

「汲み上げて。ええと、訪問者用の番号が入っているはずだから」

「登録番号637792、に変更しました。指定経済特別区域内で所定のルート以外を移動するためには、専用に配付される登録番号が必要です。登録番号637792、のまま走行を続けますか？　走行を続ける、を選択した場合はこのままハンドル操作を行わず外来者専用駐車場までご案内します」と、それまでと違う声のナビゲーションが話だし座席が起き上がる。

「走行を続けるを選択する……もう日が傾いてるのか」

遺伝改良した米なのか麦なのか、それとも別の作物なのか知らないけど黄緑色の穂をぴんと伸ばした人の背丈よりも高い植物が作る日陰の間を、車は進んでいく。その生垣のように並び立つ穂先が景色の向こうの丘の方に落ちていく太陽の光を受けて、燃え上がるみたいにきらめきながら風に揺れていた。

ぼくは、今気がついたように首をひねって車の後ろに目をやった。後ろの荷台に果たしてちゃんとドローンは載せることができるだろうか？　一応、ドローンの大きさがどのくらいなのかメーカーにしつこく聞いて調べてはいたんだけど。しばらくすると広い場所に

車が入っていく。植木も何もない寂しい広場で、従業員のものだろう車が隅の方に一台停まっているだけだった。

車を降りたら何だか久しぶりに地面に足をつけたような気がして足首を回した。広場のすぐ目の前に外来者専用受付と壁にペンキで書かれた小さな建物があり、これもまた小さな受付の窓の所まで歩いていく——あのぉ、ドローンの件でですね、ご連絡を頂戴しましたので本日ですねぇ、回収に伺いましたぁ、と発音はしないまでもあらかじめこれから言うことになる言葉を口の中で練習しながら。

西日を反射して眩しい窓の奥に人の姿はなかった。その代わりに「ご用のかたは各施設直通の専用回線にご連絡ください」と書かれた札が立ててあり、窓の下の隙間に受話器の絵のシールが貼ってある機械が置かれている。機械の後ろには板が置かれ、施設の略称らしき記号と番号が記された紙が貼ってあった。ぼくは自分の背越しに照りつける日差しを避け、受付の隅の日陰に屈み込むようにしてタンマツを操作する。訪問をする前に特区から送られてきたメールの文章を壁に映すと、「内線は9番です」と書いてあるのを確かめて、機械に指を伸ばす。

合間に、ぶつぶつとノイズが入る耳障りな呼び出し音がしばらく続き、

「はい、つばきの園施設職員室」と、つっけんどんな低い男の声が機械に空いているスピーカーの穴から聞こえてきた。

「あの、ドローンの回収に……」

ぼくがそこまで言葉を発したら、

「あ、お待ちしてました。こんな田舎までね、それに遅い時間に来ていただいて申し訳な

いです」と、相手の声は急にこちらに向けて胸を開いたというか親しげなものに変わった。

何だろう？　まさか怒鳴りつけられることはあるまいと思っていたけど、それでもドローンが墜落したのだから、嫌味のひとつぐらいは言われるものとぼくは覚悟していた。

「本日はよろしくお願いします。それで、今日ドローンの状態を確認してですね、回収させていただくんですが、運ぶためにですね、施設の近くに車を駐車したいんですがよろしいですか？」

「大丈夫です。ナビが警告を出すと思いますけど、無視してもらっていいんで。場所は分かります？　ええと、駐車場からだと見えるかな、ピンク色の外壁の建物が一棟、にょっきり建ってると思うんですけど」

相手の声を聞きながらぼくは左右を見渡した。夕日のため視界に入るものは一様に黄色く見えているものの、その中でもどうやらあれだろうと思われる四角い建物があったから、

「あ、分かりました。すぐにお伺いします」と答えると、よろしくどうぞという声がして通話が切れた。

再び車に乗り込みハンドル操作で走りだす。広場から道路に入っていった途端に「所定のルート外を移動しています」という文字がフロントガラスに映るがさっき言われた通りに無視を決め込み畑の間の道を進んでいく。

警告の文字が点滅するガラスの向こうには徐々に近づくピンク色の壁をした建物が見えている。でもそれよりも、ぼくは建物のもっとあちら側——川か何かを挟んで広がる畑と

平野に迫るように木々が立ち並ぶ山裾と、そこから早くも夜が訪れようとして紫色になった空の下にある山に目を凝らしていた。山はそんなに高いわけではないけれど、かといって低くもなかった。一つの山の奥には別の山が連なり稜線にはきりがなく深い森がどこまでも続いているのが分かる。頂上には細い鉄塔のような物が建っている。その傍に円いドームのような建物が見える。

そういえば、去年もこの特区までドローンの回収に来たとき、あのドームが気になっていたんだった――そう思った瞬間、曲がりくねった山道を行くバスの車窓から見える畑、たくさんのガラスがはめ込まれた円い天井と、そこから光の降り注ぐ広い部屋、柔らかな感触の床に座っている自分自身の姿、空き地みたいな場所でぼくに向かって話す女の子といった映像の断片が脳裡に次々と、そう、ちょうどコマーシャルみたいに次々と浮かび上がった。去年はとにかく「企業」の人間に謝って落ちた機体を回収することで頭が一杯だったから忘れてしまっていた。

ぼくはあそこに行ったことがある。そうだ。今見えている円いドームの形をした宿泊施設だった。適判学校の四年生のときの課外学習で行ったんだ。同級生たちと泊まって班の友達と喧嘩をして夜には肝試しなんかもあって……

あの宿泊施設はどうなったんだろう？　もう潰れてしまったんだろうかと考えながら駐車場に着き、ぼくは車を停めた。子供の頃の記憶を思い浮かべていたせいで脇道に逸れかけていた気持ちをもう一度仕事の方へと向けると建物の入り口に歩いていく。

入り口には大きなガラスのドアがあって、その上に付けられた庇に横に長い看板が掲げられていた。どうやらこの建物の名前のようだった。玄関のある正面が日陰になっているのとずいぶん長い名前であるせいで読みづらかったけれど、「指定経済特別区域戦略的新事業特例制度実施研究棟　生体贈与希望者一時収容施設　ギフトライフつばきの園」と、看板には書いてあった。

＊

わたしはずっと考え続けている。

どうして同意書にサインをしてしまったのか。施設で身の回りの一切のケアを他人の手に委ねていた妹を、妹の命を、さらに委ねてしまったのか、わたしはずっと考え続けている。

そもそも父と母が、きわめて適性の低い人たちだったことを物心がつくまで知らなかった。たまに親戚の伯母さんが家に来て、わたしたちの家族のことで役所に出す書類を作るのを手伝っているのは、幼い頃から見ていた。しっかり者らしい伯母さんが、困った顔で向かい合う母に申請した方がいいサービスを説明しながら、時折、近くに座って動画を眺めるわたしの方に一瞥をよこすのにも気づいていた。

「お姉ちゃんの方は、どうにかねえ、あれだけど……」

そうした一瞥の後で、伯母さんが呟くように言った言葉の意味も、その言葉の裏側に貼り付けられていて、むしろ伯母さんはそっちの方が気懸かりなんだということも、幼いわたしには分かっていた。なぜなら、伯母さんが視線を母の顔、次にわたしの顔、というように移していくと、いつも最後には必ず部屋の奥のベッドに寝かされた妹に辿り着くから。どうして伯母さんが度々家にやって来ていたのか、その時はまだ知らなかった。生活困窮者の親族には扶養義務があり、それは義務ではないことになっていたけれど、だけど役所からのお願いを断ってしまうと、伯母さんの家族の信用ポイントが上がりにくくなるんだって、しかもそれは法律の根拠があるわけじゃなくて、役所も扶養義務の不履行が親族の不利益とはならないって言ってはいるけれど、やっぱり明らかに履行した人たちと比べてポイントが上がらなくなるから、伯母さんは仕方なく家に来ては役所に届け出る納付の減免手続きの手助けをすることで、養うのは無理だけど、わたしたちの家族がどうにか生きていけるようにアドバイスをしてくれていたなんて、幼いわたしが知っているはずもなかった。

なのに、どういうわけなのか、いつの頃からなのか。もう歩けるはずの歳なのにずっとベッドに寝かせられた妹の顔を見続けて育ったからなのか。伯母さんが色々と手を尽くしてくれたけれど、それでも家がどんどん貧しくなっていくのが子供心にも分かったからなのか。父と母の、あんまり困り過ぎてかえって無表情になってしまった顔を毎日見て過ごしていたからか。いつしかわたしは、妹がわたし自身の人生の重しになることに気づいていた。その重しは、父と母を暗い水底に沈めた。次に伯母さんを、だけどあの人はどうにかふり払って水の上の明るい方向に逃れようとしていた。そうなると、最後に妹はわたしを摑むはずだった。辛うじて適性判断で正常値にあると記録されて、他の同い年の子供たちと一緒に信用ポイントを貯めて生きていくことが決まっていたわたしに、妹はしがみつく。役所はそれが正しい家族の姿なのだと言ってくる。わたしの日々の稼ぎは、減免措置が取られているとはいえ、その分は妹のケアのために支払わなければならないポイントで相殺されてしまう。早ければ十六歳から働くことができる学科をやっと今年出たわたしは、あと二年で同様に十六歳になる妹の顔を眺める。小さい頃とあんまり変わらない顔を、世界の良い部分だけを丸ごと取り込んだような澄んだ瞳を見つめる。唇の周りにうっすらと線を引く、きらきらとした涎の跡に見入る。口から漂ってくる甘い臭いを鼻から吸い込む。喉が動いて鳴る、鼾みたいな音に耳を傾ける。妹は十六歳になると、家じゃなくて施設に入る。ようやくわたしは、彼女という重しから自由になって、わたし自身の人生を送ることができる。

わたしはわたしの人生を送った。たった二年だけど。

重度不適性者だった妹は十六歳で施設に入った。十八歳までは施設利用料がかからなかった。それからは家で面倒を見ていたときの五倍のポイントが毎月わたしの家族の元に請求された。払うことなんてできない。父も母もわたしも働いていて、それでもどうやっても支払いを続けることはできなかった。まず母が、安楽死の手続きをした。子供を産まない年齢の女性で、遺伝的に将来国の保護に頼らなければならない体質だった母が、その将来を先に切り上げると、社会保障の費用削減に貢献したということでいくばくかのポイントが遺族に支給されるということだった。申請に必要な書類作成は伯母さんが手伝った。それで数年の間、妹にかかる費用はどうにかできた。ポイントが底をついてきた頃に、父が同じ申請をした。まだ働ける年齢だったから、母の時と比べて支給されるポイントはずっと少ない。それで当初、父は生体贈与の希望者となるために手続きをしようとした。その方がずっとポイントが遺族に給付されるから。だけど勤め先の同僚から、生きている間に腕を切り落とされたり、病気になるウイルスに感染させられたり、すごいショック反応が出る薬を注射されるぞって言われたのに怯えて、母と同じ安楽死を選んだんだった。やっぱり書類の作成を手伝ったのは伯母さんだった。母が書類を書いているとき同じテーブルにいたのに、父は伯母さんに何を記入すればいいのかいちいち訊いて、書き損じるたび、

「どうせ役所で打ち込むのに、こういう申請はいつまでも紙に書かせるんだもんなあ。手書きじゃなくて打ち込んじゃえば、処理もあっという間なのに」

なんて、のんきなことを言っていた。まるで、打ち込まれた情報の処理が全部終わった時には、もうこの世に自分が居ないのを知らないみたいな口調だった。

「だって役所だもん。何でも、やっぱり最後は紙ですよ、ああいう所は……あとね、これも貰っといたから。今のうちに書いといたほうがいいと思って」と、伯母さんは封筒を鞄から取り出しながら言った。

封筒の中から出てきた書類には大きく「生体贈与を希望する方へ」と書いてある。

「おれが書いていいの？」と父が言う。

「当たり前じゃない。だって、この家で成人した男はあんたしか居ないでしょ？　あんたが居なくなったら、この書類をお姉ちゃんが書いて出さないといけなくなるんだから。家長だったら一発で申請が通るけど、姉妹だと役所にいろいろ照会しないといけなくてうるさいんだって」

「なるほどね。お姉ちゃんだと面倒なのか……」

妹が施設に入ってからも、わたしは家の中ではずっと「お姉ちゃん」と呼ばれていた。だけど、そろそろそう呼んでくれる人が居なくなる。

そんなことを考えながら、かつて母が座っていた位置から、わたしはテーブルの上で父の手が文字を埋めていく書類を眺めていた。生体贈与の対象者の欄に妹の名前を、家族を代表し責任をもつ者の欄に、自分の名前と続柄を書いた父は、

「ええと……希望理由のここはさ、バツでいいよね？」と紙からペンを浮かせた。

「どこ？　現時点では治療することが不可能であると医療機関による認定を受けた病気、または身体的障害を有し対象者がこれ以上生存することが著しく苦痛であるため、ここは該当しないから……うん、バツでいいよ。ええと、対象者を介助することによる家族の困窮、およびその他経済的にやむをえない理由のため、ここにマルして。あと社会保障の負担を軽減したい、対象者の生命維持による地域医療への過度の負担を望まないための箇所にもマルで、だいたい大丈夫かな」

父が書き終わるのを待っていた伯母は、書類をどこに置いてあるのかすぐ分かる場所に保管するよう言うと、不意にわたしの方に顔を向け、

「これで将来の道が開けるかもよ。せっかく家族がポイントを遺してくれるんだから、お姉ちゃんがみんなの分まで生きないと」と言って微笑みかける。だけど、わたしが何も答えないでいると、しばらくして、

「後は、そう。子供をたくさん作るしかないよ。多子家庭認定を受ければ楽になるんだから。ね、がんばって。年齢的にも早く結婚するしかチャンスがないからね」と言ったのにも、わたしは返事をしなかった。

父が居なくなると、伯母さんが家を訪ねて来ることもなくなった。父の遺したポイントは一年と少し経って、きれいさっぱり無くなった。妹の施設利用料の滞納を知らせる連絡がきて、その中に「生体贈与を希望する方、またそのご家族および信任の地位にある第三者」は、「所定のお手続きをした後に、委託する機関による審査を経て」無事に通れば、「施設利用料の滞納していた支払いの免除を受けることができます。詳しくは最寄りの市役所か、ギフトライフ支援の相談窓口が置かれた公共機関、もしくはギフトライフ相談専

用ダイヤル・朗らかホットラインにておたずねください」と書いてあるのを読んだわたしは、役所に足を運んだ。

「申請の書類は本日お持ちになってますか？」

ギフトライフ制度の利用をお願いするため来ました、と窓口に立って言うわたしの顔を見ながら、応対する役所の人は言った。そこで父が書いた書類を出すと、相手が、

「ええと、妹さんがギフトライフ制度を申請したいのですね？　こちらの書類は、生前にお父様が、あなたの妹さんを本人に代わって申請するために作ってあったと、そういうことでよろしいですね？　でしたら受け取りますので、そうですね。一応申請の審査がありますから、後日その旨の通知をいたします。その際にすみませんがまたお越しになってください」

それから、生前献体制度は本人の同意が必須ではないが、その代わりに役所の指定するアドバイザーの立ち合いで、妹が生体贈与を拒否するかどうか確かめる必要があるとの説明を受けた。妹の居る施設に出向く必要があるんですか、と訊いたら、

「いや、モニター越しに確認するだけですので」と、役所の窓口で教えてもらった。

本当に確認するだけだった。後日わたしは自宅でタンマツから医療アドバイザーを名乗る男と挨拶を交わした。男はすぐ「作業」に入りますと言い、画面越しに小さく分割された窓に映った妹の顔を見て、

「じゃあ、ええと、ご家族の方でよろしいですよね？　じゃあ、すいませんが訊いてもらえます？」と別の窓に映るわたしに向かって促す。

「生体贈与って言ってね、生きているうちに、色んな……医療だとか科学とかに役立った

めに、身体を国に差し出すっていう制度があるんだけどね。それに希望する？　どうする？」

　言葉をつっかえながら、そうわたしは小さな画面の中の妹に向かって言う。つっかえたのは、言い慣れない言葉を発しなければならなかったのと、画面の中のアドバイザーの男が俯きながら、だからつまり妹の顔もろくに見ないで、わたしが「国」と言ったとき小さく、

「国っていうと、何だか物々しいなあ」とつぶやいて口の端に笑みを浮かべたのが、嫌でたまらなかったからだった。

　その後に男が、

「ええ、大丈夫です。お疲れ様でした」と言って、それから十日経ってから、「生体贈与希望者の審査通過のお知らせ」と表に書かれた封筒が家に届いた。施設利用料の免除に加えて、退居手数料から差し引かれたポイントが、わたしの情報バンクに振り込まれると、中に入っていた書類には書いてあった。

　これで重しはなくなった。わたしは昇っていける。水底に沈まずにすむ。だけど、どこに昇っていくというんだろう？　昇っていくとして、それを見ていてくれる人は？　一緒に昇っていってくれる人は？

　そう、わたしは考え続けた。そして、妹の居た施設から、規則上こちらで処分できない私物を引き取るよう連絡がきたとき、不意に、もう一度だけ元に戻そうと思った。施設じゃなくて、家で妹の面倒を見よう。その先が水の底だとしても、そこには父と母が待っている。妹を重しと見るのではなく、妹も含めた人生をわたし自身として生きよう。

この考えが果たして正解なのかどうか、再び役所の窓口の前に立つまで分からなかった。ちょうど前に生体贈与の希望の取り方を確認するために来たとき、応対してくれた人に向かって、

「生体贈与を希望した家族の同意を取り消したいんですけど、どうすればいいでしょうか？」と言ったとき、

「確認のために、本日カードはお持ちになってますか？」と、相手の人はわたしのことを覚えていない顔つきで言う。

「カードですか？　ええと、どんなのですか？」

「はい、あのですね、審査に通ったという通知書が入った封筒がご自宅に届いたんだと思いますけど、その中に……」と言って、その人は窓口から離れていった。やがて戻ってきたとき、その手には小さな茶色のカードがあった。

「こういう色をしたカードがあったと思うんですが、お持ちじゃないですか？」

わたしはそんなカードなど持っていない。というより、封筒の中にそんなものが入っていたことにも気がつかなかった。

「いえ、今日は持ってきていません」

「じゃあ、お持ちになっていただいて、それから取り下げ願いの書類をお渡しするので」

「あの、もし家に帰って捜してみて、カードが見当たらない場合って、どうすればいいですか？」と、早くもその場を離れようとしている役所の人に向かってわたしは訊いた。

「紛失した場合ということですか？　それだと、カードの紛失届けを出してもらう必要があります。届け出ていただいたあとで再交付したらですね、あらためて同意の取り下げ願

いというものを、これも生体贈与を希望されたご本人さまと、それと基本的にはご家族の方、あと医療アドバイザーの立ち合いのもとで生体贈与施設を退所する意思があるのかを確かめてですね。そういう手順で作成した書類を提出していただくんですが、ええと、失礼ですが生体贈与を希望したのは最近ですか？」

あれから、妹の顔を最後にモニター越しに見て以来、わたしは考え続けていた。

「一か月と、二十日ぐらい前です」

わたしは持ってきていた書類に書いてあった日付を見ながら、そう言った。

「そうですか、だいたい先々月なんですね？　妹さんでしたよね？」

このとき、どうやら以前にもわたしと話したことがあったのを思い出したみたいで、役所の人はそう言った。とても低い声だった。

「はい。妹です」

「施設に入っておられたって、ええと、生体贈与の施設ではなく介護施設に入っておられたと前におっしゃってましたよね。もう、そこは退居してます？」

わたしは考え続けていた、あまりにも長く。

「はい。先月に退居っていうか、生体贈与を希望した人専用の施設に移ったっていう連絡があって」

「そうですか。そうするとですね、そう、ちょっと難しいと思います。ううん、妹さんはすでにですね」

「ありがとうございました。あの、カードを家で捜してみます」

わたしは相手の言葉を遮ると家に向けて駆け出していく。

カードはどこにも見当たらなかった。茶色の、薄っぺらな、片手にすっぽりと収まる大きさのあのカードを、わたしは気づかずに封筒ごと捨ててしまっていたのだった。もう、とっくに処分場で灰になっただろう。

そして妹も。仮にカードが部屋のどこかから出てきたところで、窓口でわたしに話した役所の人の「すでにですね」という言葉の続きを、すでに明らかな事実を、わたしは知るだけのことなのだ。

わたしは家を出た。行き先はなかった。ただ外に出て、自分の足がどこに向かうのかも知らないで歩き続けたかった。そうして、考え続けているのだった。どうして同意書にサインをしてしまったのか。施設で身の回りの一切のケアを他人の手に委ねていた妹を、妹の命を、さらに委ねてしまったのか。いつまで経っても答えが出ない。そのせいで、わたしの足はどこまでも歩いていくのを止めない。気がつくと、広い木立の中にわたしは居た。辺りの木はどれも葉が落ちていて、明るくも暗くもない曖昧な空に向かって、ひびが入ったみたいに裸の枝が伸びていた。

ふと、近くにあった木の根元を見ると女の人がうずくまっていた。向こうの木々が並ぶ足場の悪い坂道になった所にも、また別の女の人が立っていて、じっと地面を見つめている。植え込みから出てきながら、服についた枯れ枝を落としている女の人がいて、その向こうの小道みたいになった所の真ん中には、小さな女の子が膝を両手で抱えて座っているのが見えた。

あんまり考え続けていたせいで、それまで気がつかなかったけれど、辺り一面に落ち葉が敷かれていた。それでわたしはすぐに、俯いて地面に目を凝らす女の人たちが何をしているのか、何を捜しているのか理解した。あの人たちも、自分と同様に考え続けていた。そして家族を委ねてしまってから、自分が何をしたのか知って、手遅れだと知りつつ、あの茶色のカードがこの落ち葉の下にありはしないかと捜しているのだ。

わたしは、近く遠くに立っている女の人たちが愛しくてならないような気がした。落ち葉の上を歩いて、まず木の根元でうずくまっている女の人とどうしても話したい、わたしもあなたと同じなんです、自分以外の手に委ねてしまいました。そう話そう、と思いながら、足許で葉の擦れ合う音をさせて近づいていった。

＊

西日の眩しい光の差す駐車場からぼくは玄関に入っていく。左手の方に事務所らしき部屋があって受付のカーテンが下ろされた小窓の前にはクリップボードに挟んで置かれた紙と、それから消毒液のボトル、造花が挿してある細長い花瓶があった。紙には「訪問されるかたはお名前をご記入ください」とあった。受付の反対側には背もたれのない合皮の長椅子と傘立てがある。壁には健康だよりと書かれたアルコールの摂取を戒めるポスターが貼ってあって——そう、ぼくはそれらの一々に驚きを持って眺め回さずにはいられなかった。こうした風景は昔の日本を描いたドラマや映画でしか見たことがない。ぼくの両親が子供の頃よりもさらに昔を舞台にした、まだこの国に「企業」以外の会社が幾つもあった頃を描く映像作品。ただ訪問者の氏名を記入する紙は実質的に使われておらず窓ガラスに取り付けられたタンマツの読み取り機で管理しているらしいのが、ここが数十年前の日本でもなく、またドラマのセットでもないのだと教えてくれていた。

タンマツを取り出して窓に近寄っていくと、すぐ横のドアの向こうで椅子を引いたらしい物音がした。それからカーテンが開けられてぼくより十個ほど年が上といった男の職員が窓から覗き、すぐに同じ顔がドアを開けて出てきた。

「どうもお手数おかけします。車は、ああ、そこに停めたんですね？　奥の方にまで入れてもらってよかったんですが」と、看板にあったのと同じ「ギフトライフつばきの園」と胸に刺繍された作業着を着た職員は、玄関のガラス扉から差し入る光に目を細めながら言った。

「すみません。本日はよろしくお願いします。駐車場は、もっと奥まで停められるんですか。じゃあ、まずドローンの状態を確認しまして、それから移動させますので……ええと、さっそくなんですが、ドローンはどんな状態ですか？」と、ぼくが言うと、

「これからご案内しますので。ええと、駐車場の奥のね、こっちから見て、ちょうど裏にあたる所に中庭がありまして、そこに落ちたものですんで置きっぱなしにしてます。一応上からシートをね、掛けてましたけど、幸いにずっと雨が降らなかったので濡れてるとかもないんですが、まずはじゃあ、廊下を突っ切って中庭まで行きましょう」と、職員は話しながら歩きだした。外の明るさに慣れた目にはいかにも暗い廊下だった。どういうわけだか左手の駐車場の方に面した窓にも、また右手の方にずっと続いている部屋の窓にも全面を真っ黒なシートが覆ってあるせいで余計に暗かった。それで気になったというか軽い会話でもするような調子で、

「つばきの園というのは？」と、ぼくは少し前を歩く職員に向かって訊くと、

「長い名前でしょ？　看板のあれは、わたしも間違えずに言えたことがない」

職員は軽く振り返り、そう笑って言ったから、

「ええ。だけど、後ろの、ええと、ギフトライフつばきの園っていうのだけは分かりました」と、ぼくの方も笑みを浮かべて言うと、

「ギフトライフ。生体贈与のイメージを向上させるために政府がそう付けたんですよ。やっぱりどうしても悪いイメージが付いてますでしょ？　貧困家庭に生まれた重度不適性者の方がポイント目当ての家族から勝手に同意させられて、みたいな偏見が強いもんですから。そうじゃない、自分の意思で命の最後の選択をするんだって決めた方々が、ささやか

な贈り物を家族に遺す……まあ、そんなPRのために付けられたのがギフトライフって言葉ですね。で、ここはそんなギフトライフ制度を利用して生体贈与を希望された方々が収容されている施設なんです、だから……」と、職員はシートで覆われた部屋の窓を指さして、

「この窓の向こうに、たくさん寝ていらっしゃいますよ、献体者の皆さんが」

そう言って、また前を向き直った後ろ姿に向かって、

「ああ、なるほど。生体贈与か……家で番組なんか観てると途中に政府広報がよく流れてきてますね、窓を覆っているのって、何か理由があるんですか？」と、暗い廊下のすぐ隣の空間に無数の人間がベッドに横たわっている姿を想像し、呻き声でも聞こえやしないかと我知らず耳を澄ませながら訊く口調にも、

「部屋のあちこちにですね、献体者さんの体調を管理するために機械が色々置かれてるんですよ。それで、このシートは外から入ってくる電波の干渉を防ぐために貼ってます。加えて、あとはプライバシー保護ですね」

「なるほど、なるほど。それにしても……生体贈与の施設だったのか」とつぶやくように言ったぼくの口調にも露骨に好奇心が出ていたらしく、そのためか、

「やっぱり、怖いイメージを持たれてます？」

そう言って再び振り向いた職員の目と口元にはこちらの好奇心を見透かして、だいたいどんなイメージを持っているのかは知っているぞ？　と言っているような笑みがあったからぼくは正直に、

「ええ。生体贈与を希望して施設に入ったらベッドに拘束されて、それから腕を切り落と

されたり、目に劇薬を塗られたり、ひどい熱や咳の止まらない病気に感染させられたり、希望者はみんな重度不適性者だから、助けてとも言えずにじわじわと殺されるって……いや、そういう噂を集めた悪趣味な動画を観たことがあったんで、もちろん本当だとは思っていませんが」と言った。すると職員は、

「そう、腕も切り落とさないし、目に薬を塗りこむなんてこともいたしません。だけど、正解も混じってるから一概に否定もできないのが噂の恐ろしい点ですね」と言った。

「じゃあ、さっきの噂話の中に出てきたやつだと、病気に感染させるっていうのは？」

「ええ。そういうことは、色々とね」

「苦しいでしょうね、患者さん、いや、希望者さんは」

「献体者さん。施設では献体者と呼んでます。そこが噂の部分なんですよ。苦痛は限りなく与えない方針で感染実験は行われます。これは、もうそういう指導をですね、国の方からも『企業』の方でも徹底しておりますんで、絶対に苦しませないで、ひたすら深い眠りに落ちた状態でウイルスや病原菌に感染させたりですとか、他にも詳しくは言えませんが色々とあれしまして、そうしてから献体者さんの脈拍や血圧、それに体重の変化、発汗、内臓の状態をモニタリングするんです」

「眠った状態ですか」

「ええ。決して目覚めないで、それはもう皆さん静かですよ。あ、感染実験はここでは行っておりません。この廊下にもウイルスが漂っていて病気を持って帰っちゃうんじゃないかって心配されると困りますので申し上げておきます。説明しとかないと、また変な噂が広まっちゃうから」と、職員が笑いながら言う声に被さるように、

「ああ、いや、噂なんてしませんけど、だけど、じゃあここでは献体者さんの何を管理しているんですか？」

　ぼくも小さく笑いつつそう訊くと、

「高速道路で来られましたよね？　じゃあ、特区に入るために降りた道から建物が見えませんでした？　あ、見ましたか。昔は大学だった建物があるんですけど、そこに感染症の実験が行える環境の研究棟があるんです。それで、当施設ではそこに運ぶ前の献体者さんの体調を管理しつつ眠り続けていただいて、他の疾病などにかからないようにするのが仕事の内容になります。だから部屋にいる献体者さんたちは、ただ本当に眠っているだけ。その状態のまま管に繋がれて栄養をあれしましてね。さっきの噂ではベッドに拘束するってありましたけど、その必要もありませんよ。そこのドアから部屋に入ったら、我々だって五分やそこらで目がとろんとなって、すぐに立っているのもままならなくなります。そういう調整がしてある空気が部屋を循環してるんです」と、職員は右手を上げて廊下と部屋の間の壁を拳で軽く叩いてみせながら言う。

　ずいぶんと長く思われた廊下の曲がり角にさしかかると、シートの覆いもなくなって、窓からは駐車場と畑がまだ落ち切っていない太陽の光に照らされて見えた。まともに日を浴び、半身から廊下と壁に影を落とした職員が、

「今日は、この後は福岡市内に戻るんですか？」と訊いてきたから、

「いや、それが、こちらの特区内に宿を取ってあるんです」

　ぼくはそう答えながら、ふと蘇ってきた所長への苛立ちからかすかに口元が歪んでしまうのをどうにも抑えられないんだった。

そう、どうせ福岡に行くんだから市内のホテルに泊まりたかった。飯屋だって選び放題、夜の博多に繰り出すのも良いだろう、地元に残った友人を急に誘ってみるのも面白い。ぼくの自由に使える時間は限られている。何しろ明日には妻と子供たちが来る。よい夫、よい父に戻らなければならない。多子家庭の模範的父親という人生の選択をしてしまった以上は、家族なんていう安定した退屈の真ん中に柱みたいに突っ立ってなきゃいけないんだから、せめてたまには一人で自由に……

なのによりにもよって。所長は車を借りる手配をするついでに特区内にある宿を予約してくれていた、もちろんぼくに断りもなく。回収作業で疲れているのに市内まで移動するのも大変でしょうからね、特区に泊まれる場所があったんで予約しておきましたよ——そう所長からの連絡には音声が添付されていた。これでぼくの頭の中で組み立てられていた楽しい休日の予定は潰えた。余計な気を回してくれたものだと思いつつぼくは音声ではなく文章で謝意を書き送ると、特区内で夕食が摂れる場所を探すはめになったんだった。

「ああ、訪問者用の所に宿を取ったんですか？　あそこは、わたし泊まったことはないですけど、夜はきっと静かですよ。建物のすぐ横に小さな川が流れてるけど、蚊も出ないって聞きますし」

いかにも、褒める所といって別にないような場所であることがはっきりと分かる口ぶりで職員が言うのに、

「ええ、ぐっすり眠ることができると思います」とでも返事をするしかなかったものだから、ぼくがそう答えたら、

「そうですか。あそこは、特区内の建物の工事があるとか、それから『企業』の方から若

いのが研修に来たときに使われるんで、だから、一泊するだけっていうのは珍しいですよ。そうか、じゃあ、ちょっと時間が押しても大丈夫だったりします？」と、職員はこちらを振り向いて言うので、

「ええ、それは大丈夫なんですが。そうですね、こう言っては何ですけど夕食の時間までなら……ああ、その、特区内で晩ご飯が食べられる場所ってご存知ですか？　調べたんですけど外部から検索しても全然情報が出てこなくて」と、ぼくが言うと、

「ええ。それはもう、わたしのおすすめの店でしたら何軒でも……いや、実はご相談したいことがありましてね。ドローンの回収作業は、もちろんしていただきたいんですが、その前に一つ困ったことがあるんです」と、職員は言葉を切ると廊下の突き当たりにあるドアに手をかけて鍵の番号をもう片方の手で入力して外に出ると、

「段差がありますよ。ええと、ほら。あそこに置いてます。こっちまで車で来ることができますので、後で一緒に戻りましょう」と、風で飛ばないようにだろう、四隅に石が置かれた傍目には粗大ごみにしか見えないシートに覆われた塊を指さしつつ、日暮れの光に包まれた身体をこちらに向けて言った。

「はい、じゃあドローンの状態を簡単にですね、確認します」

ぼくはドローンに近寄ってシートをめくる。空に浮かんでいた格好そのままに、尻もちをつくようにして地面に落っこちたようだ。真っ白の機体のある箇所には亀裂があって何枚かのプロペラは無くカメラのレンズには乾いた土が付いており、そして、

「落下した際に機体から取れた部品は、これで全部ですか？」と、機体の下に寄せ集められた幾つかの破片を持ち上げながら訊くと、

「そうですね。集められる分だけはそこに集めたんですけども」

そう職員は目を伏せながら言うので、

「そうですか。ええと……機体の底に銃が取り付けてあったと思うんですが」とぼくが訊いて返ってきた言葉が、

「無いんです」

だったから、

「無い？　銃は無くなった状態で落下したんですか？」とまた訊くうち、どうして目の前の男が目を伏せているのか理解しつつ、

「いや、はい。とりあえずいま見てもらっている状態なんです」と言う職員の言葉を遮るように、

「無くなったんですね？　落下時に銃がどこかに行ってしまったんですね？　だけど、うん。じゃあどこに銃があるのか分からないんですね？」と言ったぼくの声は、おそらく職員にとっては怒気をはらんだものに聞こえたはずだ。

でも決して怒りなどはしていない。ただ焦っていた。

「先ほども言いましたけど、それなんです。ご相談したいことは、この件なんです」と、職員は言うと左手をドアの方に向かって小さく持ち上げた。ぼくは立ち上がり、先を行く職員に付いて戻っていく、暗い廊下を、今度は一言も喋らずに。

相談というのを職員室に戻って聞かされた瞬間、ぼくは面倒なことになったと思った。すぐにでも所長に連絡を入れなければならない。そう、とても面倒なことになった。所長

に一報入れたならばすぐに各所への連絡で上を下への大騒ぎになるだろう。そして騒ぎは次第に誰が責任を取るか？　という一点に収斂し人差し指となって誰かの顔に突きつけられる。その誰かが誰であるのかを考えたとき、まさかとは思うがぼくであることだって決してないとは言えない。

だからそう、とても面倒なことになったんだ。

ドローン内部の構造と性能、運用することで得られる情報の一切は「企業」独占の機密となっている。だけど機体の下に取り付けられた銃の管理だけはどういうものか警察の領分だった。より正確に言えば警察組織の中の害獣駆除を専門とする部隊の管轄で、ここは「企業」が委託業務を請け負うために作られた。さらにこの部隊と連携をして円滑な駆除活動を行うためとかで、外郭団体が幾つか繋がっており、そっちには監査だの顧問理事だのといった「企業」の偉い人々が群がっている。そういう関係から得られる権益の分配があるとして、しかしぼくのような者にとって、そんなこと仕事をする上では関係がない。

警察が利害関係者としてドローンの運用に一枚嚙む形で関わった結果、名目上ではあるが銃は全てぼくの勤める営業所の経営者が所有し、保管の義務を帯びることになっている。その内の一挺が消え失せた。上に報告するのは所長なのだ。問題は、その所長がどのような報告をするか。もしも全編これ保身といった態度も露わな報告書を緊急会議の場で持ち出したならば。

もちろん、ぼくは単にお使いで回収作業に赴いただけなんだ。そのぼくにどういう責任が存在するっていうんだ？

そう、責任などはない。だけどこういう問題が起きたときには責任など取りようもない木っ端にこそ一切を負わせることが、もっともありがちだという世間の常識を知らない歳ではなかった。それに、ぼくに対しては疑いだってかけることもできるだろう。なんたってドローンに設置された銃の紛失の報告を出すのは、これで二度目になってしまうのだから。あいつは機体を回収した後で銃が無くなったっていう報告を寄越してきたけれど、こっそりと横流しでもしてるんじゃないのか、だってこれで二度目なんだろう、怪しいよ——こんな噂が流されでもしてみろ、人材評価に良い結果として反映するはずもない。

職員から相談を聞かされる前の会話というのは次のようなもので、

「そもそも、いつ銃が無いのに気がついたんですか？」と、まずぼくが訊いたら、

「一昨日の夕方です。その前の、落ちたのに気づいた時にも見てはいましたけど確認をしておこうと思いましてね。被せたシートを取りまして、下を覗き込んで。その前に銃を見たのは落ちた時でして、そん時わたしはこの部屋に居たんですけどね、音も何も聞こえなかったんで何時何分にあそこに落ちたのかは知りませんけど、その時には銃はちゃんとあったんです。落ちかたがよかったんでしょうかね、とにかく銃はどこも壊れてるようには見えませんでした……そう、それで一昨日の夕方にもう一度確認しておくかって思いまして、シートをめくってみたら、あなたもご覧になった状態になってたんです。ごそっと、銃があった部分が取り外されてたんです」と、職員は言って、それに対して、

「落ちた時はあった訳ですよね。それが一昨日の夕方にってことは、じゃあ、盗まれた可能性があるんじゃないですか？　というか正直、盗難に遭ったとしか思えないんですよ。動物がくわえて持っていくような物でもないし」

そう重ねて問いかけるぼくの言葉に、

「わたしもね、そう思ったんです。ですんで警備に、特区に常駐している警備に連絡したんですよ。そうしたら、これが面倒なことになりまして……」と職員が口にしたのに思わず、

「ええ、面倒。ええ、分かりますよ」と合いの手を入れるみたいにしてぼくが言ったのを受けてか、職員は勢い込んで、

「ご存知だと思いますが、あのドローンは特区内の栽培部がおたくの会社から借りて使っていたでしょう？　だから、本来は栽培部が一切の責任を持つべきものなんですよ。うちの施設っていうのはですね、本当は大学があった敷地内で進んでいるプロジェクトの一環で作られたものなんです。で、そこの敷地にはもう新しい建物を造る余裕がなかったもんですからね、言わば間借りさせてもらう形でここの特区内にできたんです。ですから無関係なんです。一応はね、それでも連絡はしたんですよ。おたくのドローンがうちの敷地にあれしたんですが、どうしましょうって。栽培部からは回収の手続きはしとくから、そっちでよろしくなんて、そんなこと言われちゃいましてね」

「なるほど。だけど銃が紛失して、おまけに盗まれた可能性があるんですから、さっきおっしゃった警備の方はすぐに動きだすはずなんじゃないですか？」

「いや、さっきのはだから、面倒なことの序の口なんです。銃が無いって気づいて再度栽培部に連絡したらですね、銃が付いたドローンなんだから見張っていないと駄目じゃないかって、うちのせいにされるもんですから、そもそも栽培部の持ち物なんだから、どうして確認しに来なかったんだって、そん時はさすがに言ってやりましたよ」と、興が乗りでもしたのか職員は笑いだしたから、

「それでええと警備はどうしたんですか？」と話を戻そうと訊くぼくに、

「ああ。あそこもだから、栽培部とおんなじ。警備部の連中もね、そもそも最初にドローンが敷地内に落ちたことを報告してくれなかったうちが悪いって、そんなことを言うもんだから、さっき栽培部に言ってやったって言ったでしょ？　警備部にもね、こう言ってやったんです。あんたらが居るからうちは信頼してたんだ、なのに盗難沙汰が起きてから急に、そもそもなんて言いだしやがって」

そう職員が楽しそうに、そして憎さげに言うのを聞きながら、おそらくこの目の前の男は実際には何一つ言いだせなかったんだろう、はしゃぎながら口にしている他の部署への啖呵も、一度でも言ってみたいと日頃から思っている小心者の願望に過ぎないのだろうとなんだか情けない気持ちになりつつも、

「まあ、それでも結局は駄目だったんですよね。面倒なことになったっていうことは？」

と、ぼくが言って、それで話はようやく元の道筋へと帰っていき、

「そうなんです。警備の方には、とにかく栽培部と相談してくれって言われまして」

「だけど、銃が盗まれたんだったら犯罪なんですから、外から警察を呼ぶほかないんじゃないですか？」

「いや、それはありえないって断言できます。これはここだけの話でお願いしますよ。つまりですね、今回の銃が無くなった一件を特区の方では知らぬ存ぜぬで通すことに決めた訳ですよ。それについてはわたしだって別に反対はしません。警察の捜査に付き合うなんて、人材評価データベースにどんな悪影響が出るか分かりませんから……今あなたに色々と話しましたよね？　それらお聞きになりましたこと全部をですね、きれいに忘れて欲し

いんです。銃は盗まれてなんかない、落ちた衝撃で粉々になって欠片が幾つかあったが、到底使い物にならないと判断して銃の回収は諦めた、おたくの会社にはそう報告をしていただきたいんです」

つまりこれが、職員の言ったご相談というものの内容だった。

職員室の狭い部屋の中で、ぼくと職員は差し向かいで椅子に座っている。椅子と言っても一つしかなかったから、それにぼくは促されて座り、職員はと言えば床に置いた小さな冷蔵庫の上に腰を下ろしている。互いの間の机の上には、冷たいのでいいですかと言って職員が股の下の冷蔵庫から出したコーヒーがコップに注がれて置かれているが、それはリニアの中で飲んだのと同じ商品だった。

「何と申しますか、報告を無難なものにして欲しいということですよね？　どうも、その……ぼくの一存では、これはなかなか判断のつかない問題ですので」

職員室には、入り口のエントランス側の受付を兼ねた小さな窓が一つあるだけだったから、天井に付いた空調が運転していても息がつまるような感じがした。ぼくが、頭の中で「所長」、「緊急会議」、「人差し指」、「責任」といった言葉を思い浮かべながら言うと、

「そこをね、どうにか穏便な形で収めてもらえないでしょうか？　ここで話を大きくしてですね、というのは警察に届け出て正直に盗まれたかもしれません、なんて言ったら、一体この件がどこまで報告されるか分かったものじゃありません。この施設の特区内での立場の弱さについて、さっき言いましたよね？　これも別に敷地を間借りしているだけじゃない事情がありまして、委員会というものが政策を担当していることは、学校でも学んだでしょうからご存知だと思います」

「ええ。実行委員会方式ですね」と、もちろん以前から知っていたような口ぶりで、ついさっき道中でナビゲーションに検索してもらったばかりなんて、おくびにも出さずにぼくが相槌を打つと、

「そうです。実行委員会がさまざまな政策の最上流に位置しているのですが、下にもたくさんの委員会が置かれているんですよ。で、当施設でやっていることも、その下に枝葉みたいにくっついた小さな委員会からの決定に左右されまして……まあ何より肝心なのが予算ですね。こんな大きな建物の中で働くのがわたし一人きりっていうので分かると思いますが、生体贈与希望者への実験を通じた飛躍的な医学の発展にチャレンジする委員会、これが当施設の背景にある委員会の名称でしてね、ここに国から降りてくる予算というのは実に微々たるものなんです……もちろん『企業』が委託を受けて、わたしもこの施設のために設立された会社の社員ということになっています。そもそも安楽死を申請する者たちの少なくない割合を占める重度不適性者をですね、科学技術への貢献っていう名目で金のなる木にできないかっていう思い付きでできたような委員会でして、そういう看板だけのプロジェクトである上に、予算の大部分が会社というよりも『企業』への委託費に注ぎ込まれている小さな事業なんで、何か問題が起こると、それならいっそ潰してしまおうなんて、そんなことになりかねないわけです。それはですね、ちょっと困るわけです」

そう職員が言うから、

「それは困りますよね」と、ぼくは聞き役に徹しようと相槌をまた打つと、

「困りますよ。今回のことが特区内の管理の見直しをしようとか、そんな大規模な問題に繋がる可能性もある。そうなったら、わたしを雇い止めにすることだってありえる。四十

七歳のわたしが、ここで信用ポイントを失ったら、どうやって生きていけるでしょうか？それこそ、残った家族の将来を考えたらギフトライフを申請するはめになる……ああ、正直に言わなければよかったですよ。最初から何も知らない顔をして、あなたにドローンを引き渡していればよかったのに」と、今度は恨み節の調子を帯びだした職員がこぼすのを聞きながら、愚痴を言いたいのはこっちだって同じなのに、とぼくの方も口には出さずに腹の中でつぶやくのだった。

　そう、こっちだってとんだ災難に遭遇してしまった。銃の紛失に遭うのはこれで二回目なのだ。去年に出張をした理由がそれで、この同じ特区内で起きたドローンの落下事故の際に銃が無くなったのだから、どうにもここはぼくにとって鬼門であるらしい。

　一年前に落ちたドローンは、この施設よりもずっと東の山の傍の耕作地で見つかった。何しろ銃を紛失した場合の処理なんて働きだしてから初めて出くわす業務だったから、とにかくその後が大変だったことしか覚えていない。そう、職員が正直に報告しなければよかったと言った気持ちも分かる。あの時は所長に報告してから連日の会議と警察への連絡で忙殺された。最終的には、野鳥の攻撃から逃れるために回避行動を取ったドローンが、所定の経路を大きく外れた山の上空で誤作動を起こし発砲、攻撃を受けていた際に部品が損傷したため衝撃で機体から外れてしまい、銃は山中に落下した――とかなんとかそういった調査報告書をでっちあげて、警察には居住不能地区での紛失という特殊の事情を鑑み捜索不能とのことで納得してもらったが、そのために何枚の書類を作り何人に謝罪の連絡を――不思議なもので、会議を重ねるにしたがって何故だかぼくが謝る役回りになったのだ――したのか思い出せない。というか二度と思い出したくもない。その年の信用ポイントに変動がなかったのだけがほとんど唯一の良かったことだった。

信用ポイントに変動がない、というのは情報バンクに銃の一件が反映されなかったことを意味する。だけど、二年続けて同じ案件に携わった場合にも果たして無事でいられるだろうか？

とにかく所長に連絡を、と注がれたコーヒーを飲みながらぼくは考えていた。だけど、これは変じゃないか？　二度も同じ特区内で同じ事故が起こり、しかも面倒な手続きを山と経なければならない銃の紛失に立ち会わされている状況というのは。その瞬間、銃が無くなったことを所長は知っていたのではないかと思い至った。さっきの話だと、栽培部が回収作業の依頼をうちの会社に出したと職員は言っていた。その連絡の際に、所長は栽培部から銃が無くなったことを聞かされていたんじゃないだろうか。所長のやつは面倒な事態になったと考えた、どうしようか、どうすれば自分がこの一件に直接関わらずに済むか——と、ぼくは所長の頭の中で巡った思考を想像する。そうだ、彼は去年もあの特区に行って後始末をしてくれた、彼にとっては慣れたものじゃないか、そうだよ、言うなれば彼はこうした紛失騒ぎを担当する専門的な知識を有しているってわけだ、と所長の中ではぼくの存在がどんどん大きくなり、反比例してこの一件への自分自身の関わりが小さくなっていく。そうだ、彼は休みを取ってなかったから、それを口実にして呼び出そう、そしてどうにか出張してもらおうじゃないか。

所長はそう考えついた時に、やっと面倒ごとから解放された気分になっただろう、そしてぼくと会っていた際と同じように、満足そうな顔をして健康に気をつかった飯にかぶりつき、ソースを机の上にこぼしたに違いない。

だから、妻子の分の旅費を用立てるなんて気を遣う素振りを見せていたんだ。おまけに宿まで代わりに取るようなことまでしたんだな。そうだ。あいつは火の粉が降りかからないようにするためにわざわざぼくを指名したってわけだ。なるほど、大した処世術だ。だから所長にもなれたんだろうな。とんだ糞ったれも居るもんだ。

「事情は分かりましたが、ですがねえ、ドローン搭載の銃を紛失した場合はどっちみち警察に届け出なければいけないんで、穏便な形と言っても結局は捜査されると思いますよ」と、ぼくは職員の顔を見ながら、申し訳ないが力になることは難しいと言いたげな声色を出すのだけれど、実際そんな気持ちはこれっぽっちもなく、

「いや、それはもちろん聞いております。警備の方からもですね、警察から聞かれた通りにドローンの落ちた日時や状況を説明するよう言われてはいますから、そこはちゃんと協力させていただきます。ただ銃については、どうか、あれしていただけますと助かるのですが……」

そう職員から言われても、

「ええ、それはご協力をいただけますのはありがたいのですが、ただ、さっきも申し上げたようにですね、やっぱり一度これは上の方に説明しておかなければ、ぼくのような者の一存では決められないことですので」と答えるぼくの顔を見た相手の目には、何やら形容しがたい感情が上ってきたように思ったが、おそらくそれは、

「まあ、そうですね。通すべき所には話を通しておかなければならないというのも承知してます。ただ、どうでしょう？　どうにか、その辺の事情もですね、含めてですね、この場だけの話にしていただけたら……」と、口にする言葉が次第に説得するような調子を帯

びてきたことからも分かったが、どうやら職員は杓子定規な、融通の利かない人間がやって来てしまったのではないかと考えているようだった。

　問題が起こった、そして、その問題は片方が表沙汰にはせずに丸く収めようと言っている、お互いに信用ポイントへの悪影響だって心配だろう。ならば、ここは一つ仕事上の付き合いとして無理を聞いてくれ――そうした含みを持った相談をわざわざ無下にする者もあるまいと職員は思っていた。でも、ドローンの回収にやってきた若造は理解していないのか、あるいは理解しつつも業務の処理にいささかの矛盾が生じることも許さない性格なのか、糞真面目に盗難事件にしようとしている。さっきの話を、まさかこいつは聞いていなかったのか？　と、職員は思いでもしているのだろう。

　別にぼくは自分を生真面目な人間だとは思っていなかった。相手の話だって理解し、また言われた通りに処理してしまうのが無難だろう――結局、盗まれたかどうかに関係なく銃が見当たらない以上は面倒な手続きが待っていることに違いないのだから――とも思っていた。ただ、理屈じゃないんだ。うんざりを押し付けたに違いない所長への憤懣で胸いっぱいなんだ。そのありたけを吐き出してしまいたい欲求を抑えがたく、けれど所長は今この場に存在せず、それで仕方なく目の前に居る男に八つ当たりで話の通じない人間を演じてみせているに過ぎなかった。

「ここだけの話とおっしゃられても、今回の回収作業に関わる情報は全部ですね、会社の方にも行きますので、銃が無いとなれば結局は警察が動きだすでしょうし、そうなると口裏を合わせるっていうのも、かえって後々面倒ごとが増えるだけだと思いますが」と、実際にぼくが杓子定規な人間の様相を、自ら進んでかって出るみたいにして言うのを聞いた

職員は、

「いや、警察はその点もですね、特区の方には配慮してくださるはずですから大丈夫だと保証します」

そう言って食い下がられた時になってようやくこちらも気が済んで、というか向かい合わせで腰掛けているこの男を困らせても腹立ちが収まらないと分かったから、

「じゃあ、分かりました。去年と同様に紛失届を出すだけにしときましょう」と言ったこの一言が失敗で、というのは、

「去年も同じことがあったんですか？　ええと、そうだったそうだった。前にもドローンの銃が無くなったって騒ぎがありましたね。あれ、あの時もおたくさんの所が回収しに来てましたもんね？」と言う職員の顔に浮かぶ表情は、たぐり寄せた記憶が上手く結びついただけではなく、それ以上に——お前がさっきからごねてたのは、上司に相談だの警察がどうだのと言って首を縦に振らなかったのは、つまりそういうことだったんだな？　とぼくに向かって言葉をぶつけたくてたまらない、そう思っているのがありありと見て取れた。

「ああ、まあ。去年は、まあ、単純な紛失でしたんで……」

「だからか。訪問者用の番号が過去にも一度使われてますって出たのは……じゃあ、去年もあなたが一人でドローンの回収に来たんですね？」

それならそうと早く言えよ、何だよ気を揉ませやがって。結局は自分が面倒ごとに二度も巻き込まれるのが嫌だからなんのかんのと言っていたんだろ？　と職員はぼくの方をまともに見つめる目で語りかけてくるから、

「はい。実を言えばですね……」と去年のことに加えて、その流れのままに気づけば所長へ

の不満までをも初めて会う男に話し出すぼくの口調は、どうにも情けない愚痴めいたもので、それがまたさっきまでの職員そっくりだったのに気づいたのは施設を出てからだった。

職員の手を借りどうにか車の荷台にドローンを積み込んで施設を後にした時、まだ外は明るかったが、それでも太陽は畑に囲まれた丘というか、木々の茂った小山の向こうに落ちかけていた。施設にも背の高い作物にも、また見送りのために玄関から出てきて右手を腰に当てた格好で立ち、車のバックミラー越しに頭を軽く下げる職員にも濃い影が伸びていた。

「対向車のライトや太陽が眩しい場合には、フロントガラスの彩度を調整する、とおっしゃってください」

ナビゲーションがそう訊いてきたのに、

「彩度を調整する、フロントガラスを暗くして」と言ってからぼくはどうにか仕事を終えたという感慨から疲労を覚え、でもすぐに本当にこれで大丈夫だろうか？　と考えている。

結局は職員の言う通りにすることにしたんだった。整備不良か部品の劣化か詳しくは調査のしようがないけど、とにかく銃は落下時に破損してしまった、部品の欠片のような物は見つかったがそれも回収できた分だけで主要な部品は広範囲に散らばっているものと推測され、捜索しても発見できなかった、前回も当該特区内では銃の紛失が発生しているが野鳥からの攻撃を受けやすい場所をドローンが巡回するためであると考えられる、今後は野生動物との遭遇に起因する事故を防止するための対策を講じたうえで決して三度目が無いように特別仕様への改造なども検討すべきかと考慮し云々、とぼくは連休中にでも報告書を作るだろう。

　ぼくの作成した報告を所長が上にあげることになる。果たしてどうなるか。恐れていたように上司連中の保身によって盥回しになった責任というやつが、最後にぼくの胸元に投げ込まれることになるのか。あるいは案外と一切が曖昧なものとなって去年とは違って何事もなく終わってくれるか。

　きっと後者はありえない。何らかのお咎めがぼくにくる。その時には、何としても所長も巻き添えにしなければならない——そう腹の底で決心すると、

「情報を汲み上げて、登録番号を変更して。それから自動運転を解除して」

　ぼくは言ってハンドルを握った。

「登録番号、を変更しました。位置情報がワイド、になっています。設定を変更して詳しい位置を提供する、に同意しますか？」

「同意しない」

　去年も銃の紛失に関わる業務を担当させられた、所長は自身の信用ポイントの査定への悪影響を恐れ、ぼくに今回の仕事を押し付けたと睨んでいるという話を聞き終えた職員は、

「だったら、いよいよ馬鹿正直に盗まれた可能性があるなんて報告する必要はありませんよ！　銃は壊れてどこかに無くなった、それだけで充分じゃないですか。だって、そうでなくたって特区に回収に来たのは二度目なんでしょう？　しかも企業秘密の塊みたいな銃器の付いたドローンを扱ってる仕事に関わっているってなったら、あなた賠償請求されかねないですよ」と、言った。

「賠償ですか？　いや、それはさすがにないとは思うけど、でも……」

「それに銃器ですからね。警察からも疑われるでしょう。賠償で尻の毛までむしり取られた挙句に警察から追及されるなんて、ちょっとあんまりじゃないですか？」と、言われたのにぼくが黙っていると、

「特区はですね、そりゃ訪問者として登録さえすれば、逸脱者でもない限りは入ってこれますけど、一応は国が力を入れて管理する場所なんですよ。本来なら放っておけばいいようなことでも警察が動きださないとも限りません。だから……」

そう職員は言った。

最後の「だから」という言葉の先を聞くまでもなく、ぼくは頷き従うほかない。これ以上の損はしたくない。厄介ごとから逃れるためなら、そうするしかないじゃないか？

「所定のルートから外れています。このまま運転を続けますか？」

「運転を続ける」

「位置情報がワイド、になっています。設定を変更して詳しい位置を提供する、に同意しますか？」

「同意しないって」

職員からは口止め料の提案があった。そう、もし今回の件が丸く収まった場合でも、ぼくの信用ポイントの数値に何らかの変動があるかもしれない。それで自棄《やけ》になって、互いの間で決めた事柄を外に洩らすようなことがあると向こうも困るのだ。信用ポイントがいくら減らされるのかは知りようもないからその減少分を出すことはできないが――そう言いざま職員が、

「まあ、それでも無いよりはましでしょう。タンマツを貸してください、手早く終わらせ

ますから」と、ぼくの首元に向かって手の平を差し出すから、

「その、ここでタンマツにポイントを入れてくれるんですか？」と、訊くと、

「そうです。だけど、ちょっとその前に手順が必要なんで、とにかくタンマツを」と言う職員の手に、ぼくは首から外したタンマツを置いた。

「特区内の部署にはですね、ひと月にまあまあなポイントが支給されているんですよ。親睦会だったり、本部から来たお偉いさんの接待費用だったり、他にも、それこそ毎日の晩飯代をそのポイントから出してる所なんかもありまして、まあ、福利厚生の一環なんでしょう。うちの施設は、さっきもお話をしたように厳密には部署どころか組織自体が違うでしょう？　なのに、同じ敷地に建物があるからってわけでね、うちにもポイントが毎月支給されてるんです。おまけにね、どこの部署の従業員数に合わせてんのか知りませんけど、大雑把に二十人分ぐらいが、どさっとくるんです。それで、ここで働いてるのと言えば、わたし一人でしょう？　とてもじゃないけど使い切れませんからね」

「そうですね。でも、特区内でしか使えないポイントだったりするんじゃないですか？」

「わたしも始めにポイントが支給されるって知った時にそう思ってね、一度試してみたことがあるんです。元大学の敷地にコンビニが入ってますから、そこでね。そしたらちゃんと使えたもんですからね。つまり『企業』が関わっている場所に出店している所なら全部使えるみたいで。それならあなた、要は日本中で使えるってことですよ。使えない所なんて、国内だと米軍基地ぐらいじゃないですか？」

「使い切れないって、じゃあ使わないとどうなるんです？」

「持ち越せないんです。だから年度内までに使わないといけない。よし、じゃあ……あな

たにポイントを振り込みましたよ。タンマツからだと、ほらこれね。赤いロゴマークで他のポイントと区別が付くようになってます。それと、従業員登録をしましたから」と、急に職員が言った言葉に驚いて、

「どうして従業員登録を？　それは、ポイントに関係するんですよね？」

そう言ってぼくが椅子から立ち上がりかけたのを、

「もちろんです。ポイントは施設内の従業員にしか支給されていませんから」と、制するようにして職員は言った。

「大丈夫なんですよね。違反じゃないですよね」

「当たり前ですよ。わたしがこの施設のトップではあるんですから、誰に咎められるようなことでもない」

「何だか、バレたら怖いことをしているような気がしてきましたけど」

「従業員になることがですか？　そうしないとポイントを払えないんだから」

「いや、諸々のことが後で露見するのが怖いなって」

「大丈夫ですよ。特区はね、雑なんです。外に洩れない限りは大抵のことが不問なんです。わたしだって特区で働く従業員ってことになってるんですよ？　ことは何の関係もない委員会に紐づいた組織なのにね、同じ特区に通勤してるってだけの理由で。向こうはわたしが何をしているのか、業務を毎日こなしているのかさえ把握してないんです。ですので流儀さえ守っていれば従業員が一人増えていたって、何も言われません。じゃあ、登録してポイントを振り込んでおきましたから。そうですね、退職の手続きは三か月後にでも。試用期間明けに辞めたってことにしますから、それだけは忘れないでくださいね」

新潮社
新刊案内

2023 **2** 月刊

あなたはここにいなくとも

人知れず悩みを抱えて立ち止まっても、あなたの背を押してくれる手はきっとある。もつれた心を解きほぐす、かけがえのない物語。

町田そのこ
2月20日発売
●1705円

351083-3

母の味、だいたい伝授

阿川佐和子
3月1日発売
●1540円

465523-6

結婚もした、両親も看取った、残るは〈あの欲望〉だけだ。コロナ禍の中でも変わらぬ食欲と好奇心から生まれた風味絶佳なエッセイ集。

2023年2月新刊

すみれの花、また咲く頃
タカラジェンヌのセカンドキャリア

早花まこ
3月1日発売
●1650円

元宝塚雪組の著者が、9名の元タカラジェンヌを徹底取材。夢の世界を生きた葛藤と次なる挑戦を描く、涙と希望のノンフィクション！

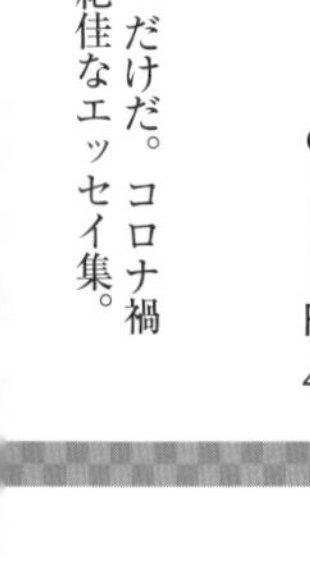

354921-5

新潮文庫 2月の新刊

※表示価格は消費税（10％）を含む定価です。出版社コードは978-4-10です。

乱歩、芥川、三島――本から本へ無限に広がる物語

雪月花
―謎解き私小説―

北村 薫

ワトソンのミドルネームや〝覆面作家〟のペンネームの秘密など、本にまつわる数々の謎……手がかりを求め、本から本への旅は続く！

●693円 137336-2

2023年本屋大賞ノミネート『#真相をお話しします』著者

プロジェクト・インソムニア

結城真一郎

極秘人体実験の被験者たちが次々と殺される。悪夢と化した理想郷、驚愕の殺人鬼の正体は。大ブレイク中の新星による傑作長編ミステリ。

●825円 103262-7

『家守綺譚』の姉妹編にあたる傑作青春小説

村田エフェンディ滞土録

梨木香歩

19世紀末のトルコ。留学生、村田が異国の友人らと過ごしたかけがえの

125345-9

左京・遼太郎・安二郎 見果てぬ日本

片山杜秀

小松左京、司馬遼太郎、小津安二郎。巨匠たちが問い続けた「この国のかたち」を解き明かし、出口なき日本の今を抉る瞠目の評論。

●880円 104471-2

テロルの原点
―安田善次郎暗殺事件―

中島岳志

「唯一の希望は、テロ」。格差社会で承認欲求と怨恨を膨らませた無名青年が、大物経済人を殺害した。挫折に満ちた彼の半生を追う。

●693円 136573-2

奪還のベイルート 上・下

D・ベントレー
村上和久訳

拉致された物理学者の母と息子を救え！ 大統領子息ジャック・ライアン・ジュニアの孤高の死闘を描く軍事謀略サスペンスの白眉。

●各781円 247277-4,78-1

新潮文庫 nex

人形島の殺人
―呪殺島秘録―

萩原麻里

180259-6

会話はそれで終わった。ドローンを車の荷台に積み、施設を後にしようとエンジンをかけたぼくに職員はくれぐれもといった調子で、室内で交わした約束を繰り返した。そして、新たにタンマツに入っている従業員用の番号を車に読み込ませることで位置情報が曖昧なものになり、特区内でした買い物も店名や商品名が表示されなくなると言い、

「ポイントも渡したことですし、どうです？　ここは一つ。これから夕食でしょうけど、他に面白いお店もありますから、今晩よければ行ってみたら。特区じゃ若い者はそこで給料使い込んで一人前だなんて言われてますよ、あなたも名目上はここで働いてるんだから」と、職員は言って口元に笑みを浮かべた。

「位置情報がワイド、になっています。設定を変更して詳しい位置を提供する、に同意しますか？」

「何度訊くんだよ！　同意しないって言ってんだろ！」

ナビゲーションが繰り返す声に堪りかねて、ぼくは声を荒げる。

そうだ。ぼくは同意した。だけど、本当にぼくの意思によってこうなったのか？

そう、こうなったのは全部、ぼくが同意をしないと言わなかったからなのだ。それなのに、いくら職員と口約束を交わしたところで結局は本当のことが明らかになると、何もかもがバレてしまうと考えて不安に怯えている。

ぼくはハンドルを操作して特区外に続く道に出る。別に大声を出して何度も断ったからじゃないとは思うが、所定の道から外れて車が進んでいるのにナビゲーションは何も言わなかった。道は山へと向かっていた。

もし一切が明らかになったら、どうなるんだろう？　盗難に遭った可能性がある銃を、

単なる紛失として処理しようと提案する特区内の人物の話に乗り、処理をする見返りという名目でポイントを受け取り、そのために特区内で雇用されたように装った——まず解雇は避けられないだろう。それどころか、通報をしなかったことで本来必要な捜査を妨害したとして逸脱者扱いをされるかもしれない。過料の支払いが命令で下り身ぐるみ剝がされる。生計を立てようにも働き先が見つかることはない。採用担当者はぼくの情報バンクを閲覧して、ああ、なるほどね、と納得して不採用の通知を送ってくるだけ。よしんば雇ってくれるところがあっても、信用に応じて最低のポイントしか貰えない。職員も言っていたけどいよいよそうなったら妻と子供のためには命を売るしかない、よい父、よい夫の最後の贈り物として施設に身を投じるしかない。

だけど、それは本当にぼくのせいなのか？　と頭の中でぐるぐると同じ場所を回りだした思考に合わせるみたいに、大きな曲がり道に車も入っていく。尻と肩が重くなる感覚と同時に、枝葉で空を覆う木々がずっと続くために真っ暗な坂道を登りだす。ライトを点ける。狭い一本道で、おまけに左右に伸び茂った草が道路の方に葉を垂らしているから車体を擦る音が聞こえてくる。それから鳥の鳴き声も、道に落ちた枯れ枝が踏み砕かれる音も、蟬の声も。

それらの音に囲まれながら、ぼくはどんどん山道を走っていく。まっすぐ宿に向かいたくなかった。胸の中にわだかまる不満と怯えと疑いを抱えたまま、狭い部屋のベッドに倒れ込みたくはなかった。右に左にハンドルを切るうち、壁のように遮っていた木々が途切れて、一面に作物の植えられた平野が視界の片側に置かれた。自分がさっきまで居た施設はどこだろうかと思って眺めたものの見つけられないまま、更に山の中へと入っていく。

そう、もしもぼくのせいになったらそのときは所長もあの職員も巻き添えだ。

と、ぼくはブレーキを踏んだ。切り立った崖が崩れたのだろう、道が土砂で埋もれてしまっていた。

引き返すしかなかったから方向転換ができる広い場所まで車を後進させる。とはいえ広い場所なんて走っている時には見当たらなかったけれど、と後ろを見ながら自動運転に切り替えようとしていたら、草に覆われた平らな原っぱのような所が目に入った。あまりにも草が生えているせいで気がつかなかったけれど、どうやら溝や岩がある訳でもなく車を入れるのに邪魔な木も見当たらない。

自動運転に切り替えて後ろの空き地まで後進するよう指示を出す。だけど、本当はもっと先まで行きたかった。ずっと道を上り続ければ山のてっぺんのドームに辿り着くはずだった。そこに向かう道がこのような有様では間違いなくすでに営業してはいないだろうけど、確かに子供の時に見た建物が、今も同じようにして建っているのか、それともすっかり荒れ果てて近づくことさえできないのか知りたかった。案外、子供の学習用の施設としては営業していない代わりに、変電所だとか山火事対策の見張り台なんかに建物は転用されているなんてこともあるかもしれない。そうなるときっと立ち入り禁止なのだろう。だけどそれでもよかった。とにかく過去にぼくはドームの中に入ったのだ。それが大事なんだった。何でもいいから過去に触れたい。ほとんど様変わりしているとしても。現在を忘れたくてたまらない気持ちだった。職員の顔も所長の面もドローンの残骸もどこかに消え去った銃も、明日にはやってくる妻と子供たちのことも数日間は一緒に食卓を囲むことになる父と母も今は一切が面倒だった。その一切を抱えて宿の枕に頭を埋める前に、どうしても気分を一度切り替えたかった。

だけど先に進めないのならどうしようもない。原っぱへと後ろざまに車が入っていく。小さな穴でもあったのだろう、車体が上下して荷台のドローンが音を立てた。ぼくはエンジンを切ると外に出た。

むわっとする湿っぽい空気が肌に張り付くのを感じ、草の臭いが鼻から肺の中に流れ込んできた。蟬の声は一層喧しく、それに混じって鴉《カラス》や鳶《トビ》の鳴き声が聞こえている。正面の車道を挟んだ向こうはちょうど木々が立っておらず、おかげで日が没する間際の背の高い作物の畑が広がる平野を一望できた。

ふと、山の方を振り返って木々の間の空を見回した。ドームには向かうことができないとはいえ、せめて鉄塔だけでも見えないかと思って。ひときわ背の高い木の向こうにどうやら鉄塔の先端らしいものがあった。遠目にはドームの傍に立っていたように見えていたけど、意外にここから近い所にあるのかもしれないなと思って視線を落としたら小屋が建っているのに気がついた。更に辺りを見回すと、朽ちて倒れた木々の枝に隠れるように他にも二軒、三軒と家や納屋のようなものが原っぱの奥に点在しているのが分かった。

すると、ここはかつて集落か何かだったんだろうか？　木々の下は暗く足許も覚束ない。それに蒸し暑くもあった。さっさと車内に戻ろう。なのに、ぼくは最初に目についた小屋に向かって歩き出していた。どうせ驚くようなことは何もない、黴と埃の臭いが染みついた到底住める状態じゃないあばら家の中を、所々が欠け落ちた白っぽい窓硝子から覗き込んでみるだけ。事実、想像していたのと全く同じ光景が引き戸の隣にはめ込まれた窓の奥にはあった。ただ、土間の真ん中に小さな切り株があってその上に見慣れない物が置かれているのが妙だった。古い電化製品には違いなく、耳をそばだててみると誰かの話し声が聞こえているような気がする。だけど、蟬の鳴き声があまりにもうるさくて声だと思っているのも聞き間違いかもしれない。

もう少し傍に近づいてみようかと思って引き戸を開け部屋の中に一歩踏み出した時、ぼくは大きな音の塊が頭の上に落ちかかってくるような感覚に摑まれた。それはすごい勢いで目から飛び込んできたかと思ったら耳の穴を通って抜けていき、後から痛みとも眠気ともつかない感覚が追いかけてきてとにかくこの場を離れてしまわなければという恐怖を感じた瞬間、目の前の光景が大きくなったり縮んだりしだす。自分の身体が支えを失くしてきっと倒れるのだろうとこれだけは何故だか明瞭な意識によって知り、ずっと遅れて何者かに頭を殴られたと気づいたけれど、すぐに何もかもが暗く重たく心もとなくなってしまった。


ひどく喉が渇いていた。後ろ手に縛られた腕が尻の下になり、縄の結び目と土間の土が手首に食い込んで痛かった。それから両足も縛られていて、こちらは曲げることも伸ばすこともできない姿勢だったから今にもふくらはぎが攣《つ》りそうになっていた。起き上がることができないようにおそらく長椅子だと思うけど、その椅子の脚がぼくの身体を跨いでいておまけに上に重しでものせているんだろう、とても撥ねのけられない。

そんな状態で横たわるぼくを誰かが見張っている。いや、今は背を向けてはいる。土間の隅に屈みこんで、火にかけられた鍋で何かを調理している最中だった。だけど、五分前に目覚めたぼくが長椅子を揺らしながら呻き声を上げた時まではちゃんと見張っていて、

「暴れないでじっとして。殺しはしないから」

その誰かがそう言ったのにぼくは、

「はい……」と返事をして、それからすぐに水を飲ませてくれないかと言う機会を窺っている内に、相手は背中を向けて料理を作り出してしまったものだから、かれこれ五分ばかりも喉の渇きに耐えていた。

「あの、水を飲ませてくれませんか？」と、意を決して声を発したのが手も足も喉もすっかり限界だという時で、

「いや、逃げませんから。お願いします、喉がからからなんです」

そう再び言って頬が地面に着きそうな位置から見上げて、見張人にどうか願いを聞き届けてくれないかと必死な眼差しを送ると、

「別に好きにしていいですよ。逃げたって、水を飲んだって。ここに監禁するってわけじゃないんだから」

手に持っていた匙《の》を流し台の縁に置くと、そう相手は言いながら近づいてきて長椅子の上から重しを取り除けだしたのを見ればそれは土嚢で、次々と土間に置いていくと相手は小さな溜息をついて最後の一つをどかし、

「そこの蛇口から好きなだけどうぞ。湯呑もあるけど、奥のは黴臭いから手前にあるのを使った方がいい」と、持ち上げた長椅子を土間の隅に立てかけて言うから、

「ありがとうございます」

そう、こちらはすぐにでも水を飲みたいと思って立ち上がろうとするけど縄のせいで半身を起こすこともできないでいるのを、

「ああ、そうか。縄もか」と、相手は言って縄を解いてくれた。

「ありがとうございます……ああ、痛え。あの、ぼくはすぐに帰ります。今日は何も見なかったし、警察なんかに行きませんから、どうか見逃してください」

ぼくは足の縄も解くとどうにか立ち上がって流しに寄りかかり、言われた通り湯呑に注いだ水を喉に流し込んでようやくそう言ったら、

「警察なんて来ません。ここら一帯は人が住んでいないことになってるんだから。あんたが警察に通報したって、居住区域から外のことまで手が回らないと言われておしまいでしょうね……ふらつくの？」と、土間の中を後ろに下がるように歩き、上り框に尻もちをついたぼくを見つめながら言う。そうだよ、殴られたんだ。そっと後頭部に手をやって痛む箇所から血が出ていないかどうか触れてみた指先を見た。だけど暗くてよく見えず身体の向きを変えて框を上がった先の部屋からぶら下がる電球の灯りに手をかざした所で、どうして電気が通っているんだろう？　とようやくぼくは気づく。蛇口から水も出ていた。居住不能地区なのに電気や水道が生きているのはなぜなんだ？　と疑問に感じつつ、

「勝手に、家に立ち入ったことをお詫びします。すぐに出ていきたいのですが、その、身体がふらついてしまってですね、だから、でも、本当にすぐ出ていきますから」と言うと、相手は切り株の上に置かれていた黒い物を前に何やらしていた手を止め、

「そう。どうでも好きにすれば。さっきは警察なんて来ないって言ったけど、まさかと思って、それであんたを縛り上げたんですよ。でも、外の車を見てどうやら違うって分かったから一安心。いつでもお帰りください。ただ、滞在費ってことでもないけど、車に積んであったこれは貰っておきますから」

黒い物から音楽が鳴り出したのを見ればスピーカーなんだろうか。相手はそう言って同じく切り株の上に置かれていた物を手に持って、ぼくの方に掲げて見せた。それはドローンの銃の弾倉だったから、

「それは、困ります。ぼくのではなくて、勤め先の所有物ですので」とすぐに言うぼくは、この時になってやっと相手の顔をはっきりと見た。ずいぶんと老人に見え、また男なのか女なのか髪型や皺や輪郭では判断できないが、とにかく歳を取っていることだけは分かる顔がこちらをじっと見ている。

「それだとこっちも困るんですけどね」

老人は屈み、土間の壁に立て掛けている棒を弾倉とは別の方の手に持ってこちらに向けた。棒のように見えたけど、そう、暗くて分からなかったけど違っていた。ドローンの銃だった。

「あの、分かりました。弾倉もどうぞ。貰ってください。銃も……一応申し上げますと、ぼくは特区の人間ではなくて、そこにドローンを貸している会社の従業員なんです。だから、ほとんど特区とは関わりがないんで、大丈夫です」

ぼくは刹那に、この老人が銃を盗んだのだ、だから弾丸も必要なんだろう、逆らわずに渡してしまえばいい、ここで銃と弾を取り返そうとするのは身体じゅうが痛むぼくには不可能で、とにかく何事もなくこの場を後にするためには老人の言う通りにするしかない――と、打算の内に観念したんだった。

「ありがとう。貰っておきます。そうか、特区の人間じゃないんだ。ドローンの管理会社ね……じゃあ、ドローンが落ちたから、特区に来たってこと？」と、訊いてくる相手の手

にはまだ銃が握られているから、

「はい。不具合があったり、落ちたりすると回収して、それで新しいものに取り換えます。だから、今回も、そうです。墜落したと特区から報告を受けまして、東京から参りました」と、ぼくはできるだけ銃から目を離さずに言うと、

「へえ！　わざわざ東京から？　なるほど偶然だと思ってたけど、どうやらこっちがあんたを招き寄せちゃったみたいですね。五日ぐらい前に、あの荷台のドローンを撃ったんですよ。山の方まで飛んできたもんですからね。そうしたら、蚊みたいに特区の建物の方にふらふらしながら落ちていったんだけど、おかげで弾の補充ができた。あの時に撃ったのが手持ちの弾丸じゃ最後の一発だったから」

そう言って老人は弾倉を銃に添えて押したり叩いたりしていたがやがてカチリと音をさせて装着し、満足そうに銃口を天井に向けたから、

「あなたが？　じゃあ、撃ち落としたってことなんですね？　いや、それはもう仕方がないことなんですけど、じゃあ、落下した後に特区に入って銃も盗んだ、ええと、お取りになったんですね？」と、そもそも出張の原因を生み出した相手と対面するとは思わなかったぼくが訊くと、

「いや、この銃しか持ってない。これは去年落ちたやつから手に入れた」

「去年の……そうですか。じゃあ、今度落ちたドローンの銃がどこにあるかご存知ないんですね」

「知らない。荷台のドローンには銃が付いてなかったけど盗まれたんですか？」と言うから、

「ええ。特区の職員が言うにはですが……」と言うと、

「ふうん。この辺をうろついてる奴が居るんですね、きっと。弾の替えをこの小屋に置いてたんですよ。なのについ先日、気づいたら無くなってて。もしかしたら、銃もそいつの仕業じゃないの」

そう――本当かどうか分からないけど――老人は言って銃を框の上に置き、鍋の前に立ったからぼくはここで失礼しますと言って帰るにはちょうどいい瞬間が来たのに、どうしてだろうか、

「その、つかぬことをお訊きしますが、あの、ここに住んでおられるんですか？」と口から言葉が出たのが、ぼくは我ながら不思議なのだったけれど、そう、冷静になってみればいかにも奇妙なのだ。どうして老人が住んでいる？　どうして銃を持っている？　どうして電気や水道がある？

いや、この状況こそ、そもそも何だ？　という疑問に追いつかない頭がせめて少しぐらいは納得したいと考えて思わず会話を続けることを選んだに違いなかった。

同時にぼくの視線は框の上の銃に注がれている。手に取って上手く逃げおおせれば今回の出張を終えた後にやってくる面倒ごとが一切消えてなくなる。だけどももし揉み合いになった末に銃の先がぼくに向けられたら？　いや、けれど相手は年寄りなのだから……

「それをどうして知りたいの？」

ぼくが逡巡しているのをよそに言う老人の手には、大きな肉の塊と野菜の入った煮込みの器があり、

「失礼しました。ええと、そうですね……いや、気になっただけなんです」と答えつつ急に空腹を覚えだしたのは昼から何も口にしていなかったのに、いかにも美味そうな香りが

器の方から漂ってくるからで、

「ここに住んでる。だけど、ここ以外にも何か所も家を持ってんですよ。少し奥の方に行けば二軒、ここから別の山に一軒、ずっと向こうの、佐賀に近い所にも一軒あって、その中だとここは一番ぼろぼろだね。あと小さいけど畑も二枚あります」

「そうなんですか。ええと、どうして電気や水道が止まっていないんですか？」

「どうしてって、止めてないからでしょうよ。『企業』の連中が止めに来ないんだから使えてるんだよ」と、老人が言う間もぼくはずっと皺だらけの手の上の器を見ながら、

「だけど、居住不能地区に指定されている場所ですから、インフラを維持する会社は撤退しているはずなんで、ここら一帯は特区内以外じゃ電気も水道も使えないものだと思っていました」

「『企業』は電気も水道も、居住区域の面倒しか見ないことにしている。だから、維持するのに無駄に金のかかる場所に住む人たちを市内に集約して、元の場所は放っておくことにした、そうでしょう？」

「ええ。そうです」

「だからですよ。電気も水道も、使えなくするのだって金や人手がかかるんだろう。わざわざそれらを費やして使えなくしたって『企業』は得にならない。じゃあ、放っておけばいい。放っておいたって使う者は居ないことになっているし、勝手に台風や洪水や土砂崩れで電線や水道管は駄目になっていくんですから。この山の中には何軒も家がある。大半が屋根や床の腐れ落ちたようなあばら家だけど、ここみたいに中にはそこまで傷んでない家も残ってます。そんな何軒かは電気や水道も使えて、まあガスはさすがに無いから薪と

手製のストーブで煮炊きするしかないけど、なんとかなってる。だから水と電気については、その何軒かの家で寝起きする身にとってありがたい限りですよ、『企業』が怠慢でいてくれて」

「そうですか……あの、その料理はご自身で作ったんですか？」と、我慢できず出し抜けに言ったら老人が、

「うん。あ、これ？　食べないと動けない感じ？」

そう言ってくれたものだからすぐに食べさせてくれと頼み込み、まだ口をつけていないからと渡された器と小匙を手にして早速ぼくが食事に取り掛かるのを見ながら黙っていた老人が、

「まあ殴りつけたのは悪いなって思うけど、こっちは身一つで生きてますからね。正当防衛ということで」

そう言って笑った時にはすでに料理を平らげ甘みのある出汁を飲み干そうと皿を傾けながら、そう、空腹を癒すことができ、しかもそのための食事を勧めてくれたということによって殴られた上に縛り上げられたというのに老人への感謝の念を抱いていた。

感謝はたちまち親しみに転がる。だから、

「いや、いいんですよ。あ、ごちそうさまです。いや、ぼくだって、家に侵入者が現れたら同じことをしているはずですから。だけど、どうしてこんな場所に暮らしているんですか？」と、それまでしていたような相手の様子を窺うための質問ではなく純粋な疑問として訊くと、

「別に、他に行くあてがないからですよ」と、老人が言うので、

「でも、こんな山奥だと病院も無いし役所もありませんよ。買い物をすることさえできないじゃないですか？」

「薬や服や食料はね、ちゃんと売りに来るんですよ。あんたはタンマツでちょいちょいとポイントを払って物を買ってるんでしょ？　こっちはね、タンマツなんて持たないからね」

「ここに商売をしに来る人が居るんですか？　それに、タンマツが無いんじゃポイントを提示できないんだし、それでどうやって物を手に入れるんです？　まさか物々交換ですか？」

「熊本の居住区にジビエを出す店が幾つもあって、そこに猪肉を卸す業者が来る。それから街向けにここらの椎茸や蕨や筍を売る業者も来ますよ。こっちはポイントなんて持ってませんからね、山で採れた物を業者に渡す時に頼んでおくんだよ。これこれの薬を一か月分、石鹼にシャンプーにリンスの替え、下着とズボンと作業靴の安いやつ、サラミにチーズにパンに紅茶、干した魚を二十枚、調理用の油に塩にブイヨンにって。そうすると次に来た時に買ってきてくれます。こっちが渡した物とポイントが釣り合っていなかったよ、何て言われる時があれば、ああ悪かったねって言って少し椎茸だの塩漬けの蕨だのを多めに渡す、反対にこっちの渡した分が頼んだ品にかかったポイントよりも多かったら、代わりに薬を多めに貰っておいたからね、ああ、そりゃどうもありがとうさんって……そういう風にね、商売する相手が親切だからどうにかなってるんです。役所なんて、そもそも用がこっちには無いからね」

「猪って、もしかしてご自分で撃つんですか？」

「撃つのはドローン。特区のドローンが撃って、仕留め損ねたのが山に逃げて来るんです。さっき言った業者だって、本当は特区と契約していてね、特区内で死んだ猪を引き取って、それを熊本まで持っていくんだけど、途中で山にも寄って猪がこの辺で死んでないか、あったら買い取るぞって訪ねてくる。それで、さっき言った仕留め損ねが道の隅っこでくたばっているのをたまたま見かけていたら、その場所を教えてやる。特区内じゃなくて山で拾った分の肉は丸々そいつの儲けになるみたいでしてね。腐ってるのはさすがに放っておくけど、そうじゃないようだったらその場でね、車にアームとカッターが積んであるからそれで死骸をあっという間に解体して肉を分けてくれるんです。あんたがさっき食べたのが、だからその業者がつい一昨日ばらしたばかりの脚の筋肉ですよ」

「何だか正直言って、ぼくには想像できない暮らしですけど、その、生活に必要な物を業者と取引して手に入れてるっていうのは分かりました。でも、やっぱり大変じゃないですか？　失礼ですがお歳を思うと、こんな山の家に一人で暮らすなんて、ぼくなら辛いです」

「辛いに決まってるじゃない。手も足も虫に嚙まれる、服は土と汗と垢でべとつく、猪や鹿や猿とせっかく育てた野菜や竹林の筍を取り合わなきゃならない、腰も痛い口も痛い指も痛い、寝ても痛い目覚めても痛い痛いの痛い尽くしで、どうしてこの年齢になってまで苦しい思いをして生き続けていかなきゃなんないのかって思うとね、一人だけで長生きしたのを後悔する毎日ですよ」

「じゃあ、どうして市内に行かないんですか？　ううん……言いにくいのですが、その、おそらくあなたは逸脱者なんですよね。ポイントが無いし場所を捕捉されたくないからタンマツを持たない、だからこうして自給自足みたいな暮らしをしている。だけど、役所に事情を話せば住居と就労先の紹介をして貰えるんじゃないんですか？　あなたであれば年齢を加味されて、まさか檻の中にぶち込むなんて乱暴なこともしませんよ。もしも、それでも生きるのが辛いんだったら安楽死の申請をすればいいわけですし」と、あくまでも淡々とした、いかにも歳を取って人生に諦観したような口調の老人と言葉を重ねる内に、ぼくは心底からの親切で言うと、

「だからだよ」

はっきり心を閉ざしてしまおうとしているんだなと分かる低い声で老人が言うものだから、

「何がです？」としかぼくは言葉を返せないでいると、

「社会がそういう価値観になったから戻ろうにも戻れないんですよ。背中が曲がっても、こっちは山の中に籠もっているしかないんだ」

そう言って、老人は舌打ちをして黙り込んだから、

「価値観ですか？　その、逸脱者になったのが、社会の価値観のせいだっていうことですか？」と訊いても、やはり老人は何も言いだそうとしないままなので、

「でも、いや、別にぼくがどうこう言う立場じゃないのは分かってますけど、価値観がどうあろうと生きるにはまず役所に行くしかないし、それさえも嫌なのでしたら選択の一つとして安楽死を選ぶことも、あなたの意思によって可能ですよって言っただけで……」と、もう一度ぼくは訊く。すると、

「まあ、話しながらでもいいから、ラジオを聞こうよ。今からお気に入りの番組が始まる

所だから」

「ラジオなんですか？　え、ラジオだけしか聞けないんですよね？　接続も検索もできないような代物ってこと……」

喋り続けようとするぼくに老人は黙るよう手で示して、

「ほら、番組が始まった。聞きながら話そう」と言ったからずっと、ここに寝かされていた瞬間から、そう、ずっと疑問だったこと、

「あなたは誰なんですか？」

を、ぼくは訊いた。

番組名が女の人の声で告げられて、数秒間ほど管楽器の音色が続き、

「この番組では、政府の取り組みを分かりやすく紹介すると共に様々なゲストをお呼びして、国民の皆様に愛される国づくりを考えていくコンセプトでお送りしてまいります」と、先ほどと同じ声が言うと音楽が遠くなって、

「タヨウってなあに？　多く用いられる人間のことだよ　タヨウってなあに？　多く要《もと》められる人間のことだよ　タヨウってなあに？　多く養える人間のことだよ　この国でタヨウな人間になろう」と、息子と父親らしき二人の声が交互に言葉を継いでいく政府広報のコマーシャルが挿入されてようやく最初の声が夜の挨拶をしたのを潮に老人が、

「ずっと昔、広島から福岡にきました。その頃はまだ適性検査なんていうのも新生児の健康診断の一環で行われていただけだったし、信用ポイントなんてのも導入されたばかりで、今みたいな世の中じゃありませんでしたね。『企業』も国を完全に乗っ取ってはいなかっ

たから、そう、何て言うのかな、社会にはどうにか息ができるだけの隙間があったんですよ。就職した頃にはもう紙幣や硬貨に触る機会はほとんど無かったかな。当時はたくさんあった『企業』が出してた電子マネーが信用ポイントに統合されるよりも前の頃でした。つまりは今みたいに加速度的に社会が悪くなる滑り出しの時代に世の中に出ていくはめになったんです」

皺だらけの、けれど思いのほか若々しい色をした薄い唇を震わせて話しだしたから、

「福岡には、何歳の時に出てきたんですか？」と訊くと、

「遅いよ。三十過ぎまで広島の実家から職場に通ってて、色々あって転職を機に福岡に移り住むことにしました。こっちの方が仕事の種類を選べたのもあったし、それにね、福岡市内の繁華街の外れに隠れ家があるっていう情報を調べて知ったからっていうのが大きかったかな」

「隠れ家？　それは、どういう……」

「隠れ家としか言いようがない。表向きは喫茶店で紙の本が壁に並んでいて、手に取って温かいお茶を飲みながら読むことができて、週末になると毎回決まった本をテーマにしたイベントがあった……」と、老人が言う声の後ろでは番組が始まっていて、

「……現代は、それこそ一年ごとに新しい権利が提唱されるような時代ですから。やっぱり、そうした権利の中には、もちろんいいものもあります。ですが、中にはどうしても受け入れることが難しいものもありますね――ここ数十年の歴史を見回すと、そうした提唱はされたけれども結局否定された権利がたくさんあるんです」と、ずいぶん良い声をした男がゆっくりとした口調で話していて、

「このあいだ講演されていた中ですと、昔は中絶の権利があるっていう主張がされていたって、先生おっしゃっていましたよね」

男の声にそう相槌を打っているのは、先ほどの司会者の女であるらしく、

「ええ。ほかには反出生思想なんかもそうです」

「色々ございますね、その、共同体をみんなで協力して守っていくうえで、受け入れることができにくいものですよね」

それで、と言うようにぼくは老人の顔に目をやって話を促すと、

「その決まった本がね、言わば符丁だった訳でさ。大昔の作家が書いた分厚い小説っていうことになってました。日本では翻訳もされていない中東の作家の本で、イベントを開いたってお客さんは集まりっこない。なのに週末に行くと必ずお店にはたくさんの人がいた。おまけに誰もその作家の本を持っていない上に、作家の名前も知らない。そもそも小説は存在しなかったんです。なのに大勢の人が本の感想を話し合うために店にやってきていて、そのうちの何人かとは友達で、いつも週末に会えるのを楽しみにしていました」と、老人が言うものだから、

「つまり、ブックイベントっていうのは口実で、何か別の目的の集まりを、その喫茶店では催していたっていうことですか？」と、どうやら老人はかつて違法に酒か薬をやることのできる店に出入りしていた、そのためにお尋ね者となって山に逃げ込んだのだと合点がいったぼくが訊くと、

「目的……そう、目的と言っても、仕事終わりに店に行って人と会うだけでしたよ。いつもイベントは夜の八時ぴったりに始まってた。店内に常連が集まったのを見届けて、変な

のが紛れ込んでいないか確認した店主は、必ずこう言うんです——予定しておりました『逸脱者たち』の読書会ですが、残念ながら今週も完読した方がいらっしゃらないようなので今回は流会とさせていただきます、当店は十一時半まで営業しておりまして、折角ですから引き続きイベントスペースでご歓談くださいって。それが八時一分。そこからは好きに集まった誰彼の傍に寄っていって過ごすだけ」

「それだけですか？　その、どうしてそんなことをするためだけに、隠れ家なんて仰々しく……」

ぼくが言っている間もラジオからは、

「……そうです。それに新しい権利を考えるのも、これはもちろん大事なのですが、どうしてもそちらばかり注目してしまいますと、昔からある権利がないがしろにされてしまいますよね。お父さんお母さんに感謝の念を抱く権利、国や郷土を愛する権利、嘘をつかない権利、友達と仲良くする権利ですとかね、こういったこともね、昔は義務とかですね、守るべきものとか、そういったものとして教わってきましたけど、今の新しい考え方に負けない立派な権利なんだと思うんです」

「義務は権利！　なるほどですね。新しい視点っていうか、考え方を少し変えるだけで楽しく生きていけそうですね」

「そう、義務が強制されたものではなくて自発的なものと国民が捉えていれば、それはもはや権利であるということなんですが、ありがたいことに教育関連の題材としてですね、活発な議論ができると学校の授業でも取り上げていただいております」

「そういった昔からある権利と、今できた権利のいいところを合わせて考えていくことが大事ということですよね」と、どうやら先生と呼ばれる地位にあるらしい男と司会者の会話が続いているのを老人はまるで打ち消すように、ぼくの質問に対して、

「隠れ家には色んな人たちが居ました。ある人は自分が確かに望んでいる自分であるという心内の事実に対して肯定すると同時に否定していた。ある人は真剣に冗談ごととして笑い飛ばしていた。ある人は懐疑して確信していた。ある人は希望と絶望の真ん中に自分を置いて身動きが取れなくなっていた。ほとんど一秒ごとに相反する思いの離散と集合が誰の中にもあって、連続と断絶を繰り返す存在が、輪郭を形作ってあちこちに立ったり座ったりしていた。自分以外の誰かによって自分が何者かと決めつけられることに対して怒りと怯えによって拒む存在……それが隠れ家に居た人たちでした。そして、わたしもその中の一人だった」と呪文めいたことを言いだしたものだから、

「ちょっと、何をお話しされているのか分からないです」と、ぼくが言うと、

「さっき訊いてきたでしょう、おまえは誰なんだって。だから答えたんです」

「え？　ああ、つまり、あなたは、ええと、希望を抱いたり絶望していたり、それから離散？　をして集合ですか？　そういった気分に当時はなっていて、ですか？　ええと、隠れ家に足繁く通っていたっていうことですよね。あ、じゃあ、そのメンタルに不調を抱えている方々が集まる共助のグループみたいな感じだったんですか、その隠れ家っていうのは？」

自分でも何を言っているのか上手くまとめられずに言うぼくに、

「メンタルでも身体のガタつきでも不調を抱えているんなら、それは病院に行くのがいいですよ。だけど、無理強いで病院にかかれって言われるのは嫌ですよ」

「えっと、本当によく分からないんですけど、無理強いで病院ってことは……ああ、あなたや、隠れ家に集まっていたっていう人たちは薬か何かの依存症だったたってことですか？」

「そりゃ薬も酒もやってたのは居ましたよ。だけど、全員じゃなかった」と、老人が言うのを聞きながら、

「じゃあ……なんだろう。ちょっと、どんな病気のグループなのか、もうぼくには分からないです」と考えようとするのを邪魔するみたいに、

「……そうなんです。新旧の価値観の良いところを合わせて、より素晴らしいものにするということは、これ日本のいちばん良い、世界の中でも誇れる姿勢ですから」とラジオから男の声がして、

「本当にそうですねえ。本日は作家のカイザキキットムさんをゲストにお招きしてお話をお聞きしております。引き続きたっぷりお話を伺いたいと思います」

司会者の声の後に、

「わたしの身体はこの子のゆりかご。だから、プロライフ！」という若い女の人の何やら張りきった声が続き、それから中絶手術を行うヤミ医者の密告には報酬を出すという政府広報が流れだしたところで、

「どんな病気か？　普通の存在……何が普通だかって話だけど、とにかく普通の存在に治すためとか言われて病院に入れられる対象なんですよ、わたしも隠れ家に居た仲間たちも」と、老人が言い、

「その治療を受けるのが嫌だから、入院させられないように逃げたんですか？」と訊いた

ら老人は頷いて、

「そりゃ嫌でしょう。自分が何者かなんて人に治してもらうことじゃない。自分のことは自分でチューニングしたいもんでしょ。そう、逃げたんだけど、逃げるまでにも色々ありましたよ。ある日の夜に隠れ家の集まりが通報されて踏み込まれて、知り合った友達はみんな捕まっちゃったのか、どうなったのか。今でも分からない。医者の卵が福岡で出来た友達の中に居て、家に来ればって言ってくれましてね。その子の家に転がり込んで二日目に警察がやって来て、間一髪で飛び出した。我ながらスパイ映画みたいでした！　まあ、彼も通報しないといけない義務があったから別に恨んではないんだけど。で、あちこち逃げていく内に、とうとう山の中にまで落ち延びて、もう今更街に出ていくこともできない歳になった。まあ、そんなところで……もう動けますか？　ちゃんと運転できる？」と、不意に言われたから、

「ええ。あ、もうお暇した方がいいですか？」

そうぼくが言うと、

「今聴いてる番組が八時半から始まってるから、もうすぐ」

老人が言って、ようやく宿のチェックインの時間を大幅に過ぎていることに気がついたぼくは、

「九時になる？　そんなに気を失ってたのか……」と、首元に手をやったところでタンマツを車に挿したままだったのを思い出し、とにかく急いで立ち上がり今度はどうにか歩けそうだと屈伸をしながら框の上に置かれたままの銃に目をやった時、

「昔の話をしたから疲れた。もう寝ますんで、ちゃんと戸を閉めて帰ってください。そう

じゃないと鼬《イタチ》だか狸だかが入り込んできて食料を漁るんだよ」

　そう老人は蒲団の敷かれた居間に上がりながら言うので、

「はい……あの、どうもおやすみなさい」と答えて、引き戸を閉めて外に出た途端、一体これは何だ？　と考えながら真っ暗な草むらの中を歩いている。草むらのあちこちから虫の鳴き声が聞こえ相変わらず蒸し暑くてつい今朝まで東京の自宅に居たのに、どうして山の中の打ち棄てられたような家の中で老人と話していたんだろう？　と思いながら辿り着いた車のドアを開けて乗り込む。エンジンをかけ自動運転を頼みつつどの時点から理解のできない現状に足を踏み入れてしまったんだろうか、と胸の内でつぶやく間にも車のライトは暗い山道を、人気のない狭い車道を、畑の間の道を、大きな建物の前の広い駐車場を照らしながら走り続けていて何もかもが混乱しきっている、まずは自分しか居ない部屋に閉じこもるんだ、一切を忘れて眠るんだ、ドローンも、特区も、施設も、山で会った老人も忘れる時間に自分を委ねよう——と頭の中で決めた時ナビゲーションが、

「タンマツ情報のメモ、に保存された項目、当日の宿泊地、に到着しました」と言う声を聞いてドアを開け、まだ灯りの点いている宿の受付に向かって歩いていき、無人のカウンターに置かれた読み取り機にタンマツをかざしながら、だけど去年落下したドローンに付いていた銃を盗んだ相手に拘束されておまけに弾倉も盗まれてしまったなんてそれをどうやって忘れるんだよ、無理だろうと次第に冷静になった頭の後ろが痛むから再び手をやると乾ききった砂みたいにざらついた血が指先にかすかに付いているのが、ちゃんと受付のロビーの天井の灯りの下ではよく見えていてやっぱり忘れるのは無理だろうなと思いつつぼくは予約してある部屋まで向かうために、エレベーターのボタンを押していた。

＊

わたしは木の根元に歩いていくと言った。

「あなたは、何を捜しているんですか？」

そう訊いたら、女の人はうずくまったまま、

「息子を捜しているんです。それで、色んな人に尋ねて回ったら、茶色のカードがあれば、もしかすると見つけることができるかもしれないよって言われたけど、そのカードも失くしちゃって。それでほら、同じ茶色で似てるでしょ？　だから、ここら一面の落ち葉の中に紛れ込んでいるんじゃないかって、そう思って捜しています」と答えた。

屈んだ膝の先に伸びた腕が左右に揺れ、その度に土で汚れた指先が落ち葉を浮き上がらせては散り舞わせていた。ズボンを穿いた膝頭には、指の泥を拭いでもしたのか、乾いた土の痕が筋を引いて一本、二本と入っている。

「どうして同意書にサインしてしまったんですか？」

女の人は俯いたままだから、黒くて長い髪の毛が顔を覆っていて見えない。

「本当はしたくなかったんですよ。これは嘘じゃなくて、本当に今でもそう思っているんです。だけど、夫は息子を愛することがどうしてもできなかったんです」

「夫の人は、どうして愛せなかったんですか？」

「不幸になるって。誰が？　って、そう言われたら訊くじゃないですか。だから訊いたら、最初は息子が不幸にって言うんです。ずっとこのままベッドの上でしか生きられないのは、

可哀そうだって。熱を出してもお腹をこわしても、自分ではどこが痛いのか、どんな風に苦しいのか言えないなんて、息子自身が辛いだろうって。だけど、何度も言い争って、どうしても納得できなかったから喧嘩ばかりしてたら、とうとう夫は言いました。不幸になるのは自分だって」

「自分が不幸になるからと言ったんですか？」と、わたしは訊く。

「子供は欲しかった、育てたかった、ちゃんと目いっぱい可愛がって、世間から笑われるぐらい甘やかす父親に自分はなれると思っていたって、夫は言いました。だけど、その頭の中で思っていた子煩悩な自分が相手にするのは言葉を交わせて、立ったり走ったりできて、転んでも泣かずに起き上がって、かと思えば擦りむいた膝を抱えてぐずぐず泣いたりして、自分に向かって腹の立つことも言えば、びっくりするほど賢いことも言ったりもして、呆れたり感心したりする内に自分の背よりも高く大きくなっていて、この間まではベッドの上を毬みたいに転がっていたというのに、いつのまにか手元から離れて、誰かと一緒に生きていこうとしている……そんな現在から未来までを広々と見通せるような子供だった、だけど、今自分の手元に居るのは、そうした可能性の一切があらかじめ失われた、見ているだけで涙の出てくるような可哀そうな子供なんだ、その子と一緒に生きていく未来の自分をどんなに思い浮かべても、どうしても笑っている顔が想像できない。そして、ぼくはって、夫は言いました。その未来を息子とあなたと共に歩んでいけるほど強くない……」

　女の人の指先は、ずっと同じ所を掻き回し続けている。同じ枯葉が舞い上がり、同じ枝が指先に引っかかって右に左にと少しだけ動いては転がる。

それでも彼女は捜し続けている、わたしと一緒だ。

「それで夫の人の言葉を聞いて、あなたは同意を？」

「夫は、もう一度、すっかり元に戻りたいと言い続けました。それこそ泣きながら言いました。涙の合間には、謝罪の言葉がびっしりと埋め尽くしました。わたしが息子を愛していることを痛いほど知ってたから。もう一度だけやり直したいと夫は言って、その先の言葉はついぞ言いません。あまりに恐ろしい、またあまりに自分にとって都合が良すぎて、罪の意識に耐えられず、その先の言葉を口にすることができないんだなって、よく分かりました。やり直すも何も、わたしたちの息子はそこに居るのだから。この世界にやって来て、現に在るのだから。だから夫は言いません。そして言わなくても、夫の望みを叶える方法が生体贈与という形で世の中にありました。夫の願いは叶いました。わたしも同意をしました。今、家には新しい息子が居ます。夫が四十で、わたしは三十六歳。高齢出産だったから心配だったんですけど、その子は元気で大きな病気もせず、もうじき摑まり立ちができそうです。夫は元に戻すことができたのと引き換えに、すっかり無口になりました。罪の意識のために、やり直したいというその先の言葉を言わなかった弱さが、今度はもっと大きな罪の意識になって夫の舌を奪い取っていった、そんな風にわたしは思っています」

「そんな態度で生き続けている夫の人を愛していますか？」

わたしは訊いた。

「愛しているから、わたしも一緒に暮らしています。もちろん新しい息子も。だから、わたしだって夫と一緒に元に戻ったつもりでした。なのに、こうして捜しているんです。何でなのか、わたしにも分からない」

一緒だ。

わたしと一緒なんだ。

「わたしも同じなんです。妹を生体贈与に差し出すことに同意してしまったんです。あなたと一緒。そして、わたしも、どうして自分がそうしたのか分からないでいます」

一緒なんだ、と思って、そうわたしは声をかけた。だけど、女の人は一度も顔をこちらに上げずに、

「いいえ。あなたとわたしは違う。妹さんは、だって、自分の子供じゃないでしょう？わたしの分からなさを自分と重ねないでください。わたしは夫と一緒に、これからも生きていくんです。誰にも触れて欲しくないし、誰とも分かち合いたくありません」と言って、わたしがさらに話しかけようかどうか迷いつつ立ち尽くしているのをよそに女の人は膝に手をついて身体を起こし、初めて顔を見せてくれた。片方の頬のてっぺんだけが薄い紅をさしたように赤い。

女の人は木々の間に消えていった。しばらくの間わたしは動けずにいた。けれど、いつまでここに居ても、あの女の人が戻ってくることはないのだと、痩せた木が何本か生えた坂のような道に足を向ける。

「あなたもカードを捜しているんですか？」

そして、その坂に立っている女の人に声をかけた。

「ええ。捜してました。だけど、いつまでも見つからないし、ずっと下を向いてたら何だか頭に血が溜まってきたのか知らないけど、ぼんやりしてきちゃって」と、二人目の女の

人は答えて言った。

「あなたも、同意をしたくなかったけどしてしまって、それでここに捜しにきているんですか？」と、わたしは訊き、女の人の話しだすのに耳を傾ける。

「いいえ。わたしは、生まれてきた娘がどうしたって一人では生きていけない存在だと聞かされたときに、すぐ同意しようと思ってました。そもそも、わたしは産みたくはなかった。夫と、向こうの両親の期待を前にして、自分の身体を差し出してしまったことを今でも後悔しています。だって、子孫を残すのが生きる者としての義務だなんていうのは幻想でしょう？　第一、義務は納得してはじめて履行できるものなのに、わたしを産んだ親はわたしに一言も義務について言わなかった……まあ、お腹の中に居るわたしが返事をできるはずもないから当たり前なんだけど、その当たり前に従う必要もないと思ってました。嫌々ながら義務を履行して、それで子供を産んでみれば、夫とあっちの両親からは落胆と同情を向けられて、一体何様のつもりなんでしょうね？　勝手に期待していたかと思えば勝手に落ち込んで、そのどちらに対しても、わたしが同調して当然だっていう顔をしているんです」

　そう言うと、女の人は坂に生える細い木に肘を置き、身体を凭せかけるようにした。

「じゃあ、同意をした時も、悩まずにいられましたか？」と、わたしは訊く。

「ええ。義務は果たしたっていう気分でした。そもそも子供を持とうと思うことが間違っていたんです。なのに他人を慮って産んでしまった。そうしたら、生まれてきた子供を見た夫やその親たちは、生まれた以上は最後まで面倒を見ようとは一言も口にしませんでした。何も言わないのに、その目はわたしに決断を迫っていました、ずるいですよね。結局は他人なんですよ、愛していて、一緒に暮らしているのが楽しくたって、子供を産んだのはお前なんだからっていう目で後始末をわたしに押し付ける。それが嫌でたまらなかったから、さっさと同意をしました。娘が十八になったその日に役所とお医者さんに連絡をして。だから、あっという間。いや、傍目から見れば十八年間の辛抱の末ってことなんでしょうけど、わたしにとってはあっという間でした」

「なのに、どうしてここに居るんですか？　ここに来てるってことは、あなたもカードを捜しているんですよね？」

「あの子に愛情を感じていたからです。愛してはいなかったし、あの子が生きる一日がわたしにとっての負担の一日ともなることを受け入れられはしませんでした。だけど、これは分かって欲しいのだけど、それはあの子のせいじゃありませんでした。産んだわたしの責任で、その責任だって、わたしの夫と上の世代から義務の形をして降りてきたもので、あの子には何の責任もありませんでした。だから、最終的にあの子を委ねてしまったこと、そのための同意をわたしがしたことには、あの子は関係していません。もっと別の、母と娘というのとも違う繋がりがあの子とわたしの間にはありました。何だろう、十八年っていう時間が実際に形になったっていうか、わたしは白髪を見つけて視力の回復手術を受けて、立ち眩みが若い頃よりも酷くなって、ドラマにはまって、ドラマの映画版にはまって、舞台にはまって、主演の人が死んで散々泣いて、新しく撮り直したドラマの新しいシーズンにもやっぱりはまって、だけどいつの間にか観なくなって別の役者の別のドラマと原作の漫画にはまって、一度交通事故で手首にギプスをして、住んでいたマンションを引っ越して、いっそのこと考えて髪を全部白く染めて、格好いいかなって思ったんですけど、あんまりわたしには似合わないみたいで」

　そう残念そうに言うと女の人は前髪をすくい上げようかと思ってすぐにやめたらしく、肩の辺りまで上げていた手をおろした。その仕草によって、ほんとうは切り揃えられた真っ白の髪が心底から気に入っているのだと告白しつつ言葉を続ける。

「そう……それで気づいたら、だけどようやくって感じもする十八年が経っていました。この十八年の間、一秒だってわたしは娘のことを忘れはしなかった。娘の口が大きく開いて目じりが垂れれば、それが笑みなんだと知っていたし、真剣な表情でいる時がおむつの替え時であることも知っていました。涎の甘いにおいも額の汗の酸っぱいにおいも蒲団や洋服に染みついた、お菓子に似たにおいだって知っていて、それらわたしの知る全てが、愛情を抱かせるものでした。わたしは、愛情を抱きながら過ごしていました。だから、どうしてここに来てカードを捜しているのかっていうと、その十八年間のわたし自身を捜しに来ているのかもしれない。だけど、本当はどうしてなのか分からないんです」

「わたしもそうなんです、あなたのように娘さんじゃないけど。だから、もし良ければ一緒に捜しませんか？」

　そう言ったわたしを追い払うみたいに、女の人は首を振った。

「残念だけど、わたしは一人で捜します。わたしは誰かを必要としていないから。繋がって共有して、同じ気持ちでいてくれる人なんて、わたしは信じない。結局は誰しもが他人に過ぎなくて、うかつにわたしの内側を明かすと、あなたみたいに近づいてくる人が居るけれど、どうやったって十八年間という時間はわたしにしか触れられない。あなただって、感触の分からないものを見つけられないでしょう？　だから、どうか一人にしておいてください」と言われて、わたしはまた取り残された。二人目の女の人も坂を上ってどこかへと行ってしまった。

また歩いていくと、服についていた小さな枝を取り、それを放り投げようか、どうしようかと思案しているみたいに指先で回す女の人が立っている。声をかけようか？　だけど、また拒まれるんじゃないかと、そう思いながらもわたしは傍に近寄っていく。

＊

妻からの連絡で起こされた。

だけど、あまりにも眠くて枕から頭を上げられずタンマツを相手にもごもご口を動かしていたらいつの間にか音声は終了していた。それから再びうとうとしていたら今度は退室の時間が迫っているのを知らせる連絡が来たから、ぼくはようやく目を覚まして――妻が何を言っていたのかを改めて聴くことにした。

「おはよう。あのね、今日やっぱりそっちに行けません。深夜に四十度まで熱が出て、今やっと病院から帰ってきたところ」

妻から来た音声メールの記録を再生したら、そう言う声がタンマツを挿したベッド備え付けのスピーカーから聞こえてきて、

「うん……あれ？　誰が熱……ううん、ぼく？　あれ、ここ……そうか、ホテルか……」

まだ明らかに眠りの中に浸りこんでいるぼくの声が返事をし、

「あのね、もしもし起きてます？　だから……」

「ホテル……いや、ああ、特区の……あの、どちらさまですか……」

長男が昨日の夜中に高熱を出したと説明する妻の言葉に被せるように、大きなあくびの音を口から立てた。

「一日だけ入院することになって、でも心配はいらないみたいです。聞いてます？　あのね、お義父さんとお義母さんによろしく言っておいて」

「……ああ、あなたと話してたのか……ええと、何、来ないの？　じゃあ……あれ？　こっちに……ええと、連休の、なんだ？　……こっちには、来ないってことを言ってますか？」

「もちろん。それで、今日もこれから、病院に様子を見に行きますから、一応あなたがいつ帰ってくるのか聞いておきたいと思って、もしもし？　急いでいるんですけど？」

　妻の声は暇な時間などない、すぐにでも通話を終えて出かけなければならないというのがよく分かるものだと——目を覚ました今なら——理解できたけど二時間ばかり前のぼくはとにかく眠くてたまらないようで、

「ううん……ああ、ぼく？　ぼくがどこに？　ああ、東京に戻る日のことですか……うん、いつにしようかな。切符が取れて……あんまり、急いで帰る必要もないんだけど、うんまあ……後でよく考えておくから……連絡でもしますんで……」と、身を横たえたままいつでも元の眠りへと戻っていきそうな間延びした声で返事をし、

「じゃなくて。できるだけ早く帰ってきて欲しいんだけど。明日はあの子を連れて帰るから、その間ずっと家に子供たちしか居ないでしょ。今晩中か明日の朝は駄目ですか？」

　そう妻が言ったのに返事をする自らの声を聞いた瞬間、ぼく自身びっくりした。というのも、

「そっちは来ないくせに、ぼくには早く帰れって言うのか。何でも子供を理由にすれば良いんだから楽ですね……帰るよ、すぐにでも。言う通りにいたしますよ」

　なんて言葉が、さっきまでの寝ぼけた者の口から出るとは思えない淀みない口調で飛び出したのだから。

妻は少しの間だけ黙っていて、再生音声を聞くぼくもじっと言葉を待ち受けながらベッドの縁に腰掛けている。

「もういいです。帰ってきたら連絡してください」

そして通話は終わった。

宿を出てぼくは車に乗り込む。

「おはようございます。目的地、をタンマツ情報から汲み上げますか？」

タンマツを挿してエンジンをかけると、車内のスピーカーから聞こえだす声がそう言って、

「汲み上げて。メモから、日程の欄を参照して、そこの福岡営業所まで向かって」

「タンマツ情報のメモ、に保存された項目、福岡営業所、を目的地に設定しました。コマーシャルを制限できるカーシェアプレミアムにご入会してみませんか？　自動車をオフィスに、カーワーキングスペースにする……」と、返事をするや宣伝が始まったから、「入会しないよ」と答えてから、ふと、

「タンマツ情報の標準設定を解除して。それで、そうだ、特区の従業員の番号で登録」

そう言ってみる。昨日山道を走っている間にコマーシャルが流れてこなかったのは特区の従業員登録のままタンマツを挿したからじゃないだろうか。もしかすると特区の人間には宣伝を聞かされずに済む特典があるのかもしれない。すると、

「登録番号、を変更しました。これより目的地、に向かいます。視線の読み取りをスムーズに行うため首、はシート、の白い部分からできるだけ……」と、ナビゲーションの音声は問題なくタンマツの情報を変更するとすぐに宿の駐車場から道に向かって動き出した。

予想通りだった。運転中やかましいコマーシャルが一向に聞こえてこず快適で、ぼくは一時の間ではあったが何かを提案されることの煩わしさを感じずに済み、

「位置情報がワイド、になっています。設定を変更して詳しい位置を提供する、に同意しますか？」

だけど、山道を走っていた時にもひっきりなしだった位置情報への同意を求める音声だけはどうやら聞き続けなければならないようで、

「同意しないよ」とぼくは言って遠くに見えている山、辿り着けなかった山頂のドーム、下に広がる畑などが窓を横切っていくのを横目で眺めつつびっくりするぐらい疲れが取れていないのを感じて溜息をつく。

そう、まるで疲れが取れない。シャワーを浴びてベッドに倒れ込み、たしか夜中に一度起きて水を飲んだ。その次の瞬間には妻の声を聞いていた。窓の外は太陽が空の真ん中に昇り、光の注ぎ込む窓からだけじゃなく身体の内側からもじわじわ熱が湧き上がってくるような素晴らしい天気だというのに、どうにもだるい。

海岸に建ち並ぶ別荘が見えてきた。座席の首当てに置かれた頭の後ろのこぶは、昨日よりは小さくなっているようだったけど、ちゃんとある。ということは、やはり自分は山のあばら家で殴られて気絶をしていたんだ。そして老人のよく分からない半生を聞かされた。それが昨日のことなんだ。

農産物の加工場が広がる敷地が横を流れていく。職員が顔をにやつかせながら夕食の後に特区内の店に遊びに出かけるよう言って、それはきっとポイントをたんまりと貰えて懐が温まっているんだからと言いたかったのだろうし、どうしてポイントが貰えたのかと言

えばドローンの銃の紛失の原因から、盗難の可能性を窺わせる報告を出さないという約束を交わすはめになったからで、なぜそんなことをしたのか？　もちろん所長に出張を命じられた時点で墜落したドローンの回収業務がぼくの担当になってしまい、そのおかげで妻ともいがみ合わねばならず結果こんな田舎の高速道路を車で走っている。

「位置情報がワイド、になっています。設定を変更して詳しい位置を提供する、に同意しますか？」

「しませんよー」

相変わらず車のナビゲーションはコマーシャルを流さない代わりに、ずっと位置情報の「企業」への提供を同意するよう促してくる。

ぼくはぼんやりとしながら返事をする、それどころではなかったから。

そう、それどころじゃない。昨日から何かしっくりといかない気がしていた。自分が何かとんでもない間違いをしているような気がする。だけど同時に、もうこの後は何事も起こらず連休を過ごしているだろうとも思っている。今回の出張は去年と何も変わらない、銃の紛失の責任を取らされたとしてもそもそも数ある勤め先のひとつでしかない。職員から渡されたポイントが問題になるならば返還すればいい、従業員登録は職員が勝手にやったと言い張ろう。ぼくは山になんて行かなかった。老人にも会わなかった。宿泊先に着いた時間が遅かったのは疲れが溜まっていてうっかり車内で居眠りをしていたから——そう、もしも職員と交わした約束が露見したとしても、ぼくは昨日の景色を塗り替える。ほんの少しだけ脇道に入っていたのを正常な世界へと復帰させる。

工場地帯を通り抜け、倒していた座席が標準の位置に起き直り、高速道路の出口が見えてくる。大丈夫、疲れが取れないのもしっくりといかないのも、じきに戻るさ。何も問題はなく逸脱もない。ただ妻にだけは夜にでも謝っておくことが後難を避けるために必須だ、忘れるなよ。そう考えて安心し、実際少し気が晴れてきた頃にはもう居住区に入っていて営業所の駐車場に停まろうとしていた。

立ち寄った営業所でドローンを降ろし、所長に提出する予定の報告書に大まかな破損の程度を書き込んで、それから専用のケースに収め終えたとき、

「シノダさん元気してます？　最近めっきり連絡ないから別の担当になったのかね？」と、去年もドローンの配送を手続きするために来た際に居合わせた営業所の従業員の男から問いかけられ、

「ああ、元気みたいですよ。北関東エリアの担当になってからは見かけないんで最近は分かんないですけど」と、ぼくは答えてから、

「じゃあ、お願いします。発送先を記入しておいたんで」

相手の顔が、これ以上何か話したいわけでもなく、またドローンに銃が付いていないのにも気づかなかったのを見て取るとそう言って、

「はい、どうも」という声を聞きながら外に出て、車で移動した後に今度はすぐ別の駐車場に停まるとその場でシェアカーを乗り換える。もう家族も来ないのだからと小型車に乗り換えてまた出発、

「位置情報がワイド、になっています。設定を変更して詳しい位置を提供する、に同意しますか？」

特区の従業員番号を伝えると走り出した車内でナビゲーションがそう訊ねてくる声に、

「同意、しま、せん！　乗り換えても訊いてくるのかよ」と、答えるぼくの方は意地になっているみたいで別に同意したって良いのだけど、どういう訳だか頑なに同じ質問には同じ返事をしてやると思いつつそういえば父と母に渡す土産を何も持っていないのに気づき、まっすぐ実家に向かう筈が結局は駅で適当に買い物を済ませ、ようやく家に着いたら昼の遅い時間でちょうど自宅勤務をしていた父が出迎えながら、

「昼は食べたのか？　そう、まっすぐこっち来たのか。お母さん何も用意してないから、そうだな、晩は外に食べに行くか？」と言われたのに、

「くたびれたから、ちょっと休憩してから考えるよ……お母さんは、今日はまだ仕事行ってる？」と、ぼくは答えて言い、ふと自分の「休憩してから考えるよ」と物事を決めるのを後回しにする言い方が今朝の妻に対しての寝ぼけ眼だった際の物言いと同じだなと思い出し、

「あ、聞いた？　今回は来れないって。だから、ぼくだけ一日か二日居ることにしたから」

　そう言うと、休憩しようとコーヒーを手に居間のソファに腰掛けた父は、

「うん。だけど、大したこと無いみたいだから安心した」と言ったから、

「何が？」と訊くと、

「ほら、熱が出たって。それで朝早くに病院に連れていったって聞いたからお母さんが心配してたよ」

　ああ、長男のことか。遊び盛りの年齢によくある子供が熱を出したというのに対して、ありふれた事柄以上には意味を見出せないで気にも留めていなかったぼくは、だから、

「ああ」と返事をしただけだった。

ぼくはまたぞろ車中の人になっていた。

せっかく実家に身を落ち着けたのだから、もう外には出ないで疲れを取ろうと思ったけれどやっぱり少しは気ままに遊びたかった。というのも——父と話してからかつて寝起きしていた自分の部屋で休んでいる内に眠っていたようで気づいたら母が帰ってきていた。通販の商品集積所での仕事を終えた母が居間の父と何やら笑っていた所にぼくは自室から出ていき挨拶をした。

「お父さん着替えちゃってんだもん」

居間の机に置いておいた土産を手に取り、包装を眺めては隅に片付けていきながら母が言うから、

「着替えてるって？」と訊くと、

「今日ご飯を食べに行くって言ってたんでしょ？　あれ、今日じゃなくて明日食べに行こうって話してたのに、お父さん勘違いしてて。ジャケット着てるからどうしたのって訊いたら、だって晩飯は外だろって。それで笑ってて」

そう言う母の向こうでソファに腰掛ける父を見れば、

「間違えてた、明日だ。明日だった。じゃあ、予約しとくか？　明後日は早くから工場に行かなきゃいけないから、三人で食べて、それから家に戻って寝て……東京に戻るのはいつか決めてるの？」と言ってタンマツを手に取りどこかに連絡を入れようとしている父に、あと母にも、

「うん、明日の夜に帰ろうと思ってたからさ、そうだな。外に食べに行くんなら、駅の近くのお店にしない？　食べ終わったら、そこからリニアに乗り込めるから」とぼくは言った。妻がかなりお冠らしいから早く帰ろうと思っていた。

「病院に行かないといけないもんね？」と、母が言い、

「病院？」と、ぼくは言ってすぐに長男のことを言っていたのだと気づいたけれど、

「でも、一晩だけで退院できるって言ってたもんな？」と、父がぼくよりも先に言うから、

「うん、そうそう。一晩だけだから心配ないって。そうか、じゃあ今日は外食しないんだね？」

何も別に長男のことを忘れていた訳ではないというふうに言うと、

「今日食べに行きたかったの？」と母が言ったのに、

「いや、ちょうど良かった。こっちの友達と約束があるから、出かけてくるよ」

そう答えて言い、本当は友達との約束なんて無かったのだけど――やっぱり少しは遊びたかったし、仮眠を取ったら疲れも取れたような気がしていたから、

「あんたが帰って来るから、せっかく奮発して生の野菜とお魚買ってたのに。あんまり遅くならないで帰ってきて。アルコールも絶対に駄目だからね、あんたの歳だと大目に見てくれるなんてないんだから。ポイントごっそり引かれるよ」と、十五、六の子供に向かって言いそうな小言を口にした母に、

「そんな馬鹿な遊びをする歳でもないよ」と笑いながら言って、ぼくは日が落ちた外へと出て行った。

それで車中の人となったぼくはタンマツに向かい、登録されている限りの友人知人を検

索するよう言ってみるものの日取りが悪いみたいで誰も捕まらないから困っていた。まだ仕事先から帰ってきていなかったり子育てで忙しかったり、福岡に住んでいなかったり。結局繁華街に到着した時には判断校、支援校、就職専門校の知り合いで連絡が繋がった者たちとは誰一人、今夜会うことが出来ないと分かった。

仕方なく車をシェアカー専用の駐車場に停めて、ぼくは暗い街中を歩き出す。懐は温かいんだ、どこの店にでも入ることができる。職員からタンマツに振り込まれたポイントがあるんだから。

ぼくは暗い路から街灯や電飾、それに店頭の拡声器から流れる客引きの大きな声に包まれて気分が高揚するのを感じながら歩いていた。やっぱり、たまにはこういう所に来てみなくちゃ。考えてみれば三番目のチビが生まれてからはほとんど買い物と、それにたまの出社以外では一人で外出なんてしていなかった。店の灯りも、いやがうえにも気持ちを粗野な方に駆り立てる客引きの活気のある声も、薬でいい気分になった挙句に警察に囲まれてしまっている半裸の爺さんも、青い光をちかちかと点滅させながら国民の軽挙妄動を戒めるべく真っ暗な空を巡回するドローンも。そう、最近ぼくの生活からすっかり遠ざかっていたものばかりだった。

ぼくの生活にあったものと言えば第一に妻だ、子供たちだ、彼らと分かちがたく結びついた狭くも広くも無い、飽き飽きした暮らしやすい東京のマンションだ。そして第二には部屋の一隅の画面の向こうに映っている上司だったり同僚だったりの、多少の好悪を別にしては互いに無関心の壁越しに働く仲間たちがそうだ。第三が、遠い土地に暮らす妻とぼくのそれぞれの両親。これで全部。これがぼくの暮らしであり、ぼくはこれに満足していることになっている。

本当に？　もちろん満足してる。だけど、本当だろうか？

なんてことを考えながらぼくは歩き続ける。おかしなもので、どの店にでも入れるとなるとかえってどこもかしこも同じに見えてきてしまって、それなら入らなくてもいいんじゃないかと思ってしまう。せっかくどのビルにも逸脱せずにすむ、つまり合法の、多少は酔える飲み物やハーブが置かれた店の入った明るい通りを、楽しくもないことを思い浮かべながら、ぼくは歩き続ける――そう。考えていたのは、父と母のことだった。

「福岡第十居住区に住民番号を登録するシモカワコクシさん！　その場から動かず両手を上げなさい！」

道を曲がろうとしていると、後ろでスピーカー越しの大きな声がそう言っているのが聞こえてきた。振り返ると、歩道に白い半袖のシャツを着た白髪の男――またそのシャツというのが変な所に模様が点いているな、と思ったら血の痕なものだから、少しだけぎょっとした――が立ち空を見上げていて、視線の先には警察のドローンがビルの二階ほどの高さの所で浮いているのが見える。

そう、七十になろうとしている父と、その後を追う母の、あまり代わり映えのしない、けれど通話の映像で顔を映し出したり、今日みたいに会ったりする度に、やはり少しずつ年老いていく両親。どうしてだかぼくは彼らと一緒に居たくない。外食の日にちを間違えていたのに気づいて、うっかりしていたのを自ら笑った後の溜息をつきながら部屋着に着替える父の皺やしみの目立つ細い脚や、土産物を片付けながら品定めするように菓子の製品情報を盗み見る母の目つきから、二人の内に老いが根を張っていることが明らかだった。

ぼくのような良い歳をした一人息子が帰ってきただけではしゃぎ、しかしその活気は長続きしないで笑い声はすぐに溜息へと転じる、これも老境にある夫婦の普段は会話もろくにしないであろう様を想像してしまい、なんだか気づまりだった。それに父と母が何度も口にした「病院」という言葉には、妻がこちらに来ないことへの含みがあるような気がしたのも嫌だった。

父も母も昔からあのような嫌味な態度を取る人たちだったろうか？　いや、老いが人をそのように変えるんだ。父は三つ、母は二つの職場で働いている。見たところ病気もせずに元気みたいだ。でも十年、十五年も経てばどちらが先かは分からないけどきっと安楽死を申請することになる。まず父だろうか。意外に母は長いこと元気かもしれない。若い頃の母は健康そのものといった身体の持主だったと自分でもよく言っていたものだけど子宮に腫瘍が見つかって手術を受けなくてはならなくなった。ぼくが五歳の時だ。それで二人目、三人目の子供をつくることができなくなって残念でならなかったから、ようやくこうして孫たちの顔が見られて肩の荷が下りたみたいだと三番目の子を産んだばかりの妻に映像通話で説くみたいに話していたな、だから……なんの話だ？　そう、安楽死だ。母だって大きな病気をするか事故に遭わないとも限らないから、もしかすると父より先に安楽死を願い出るかもしれない。

「両手を上げた状態で地面にうつ伏せの姿勢を取りなさい！　そのままの姿勢を保ち到着する警察官の指示に従いなさい」

声はドローンから出ているわけではなく街灯に取り付けられた複数のスピーカーから聞こえているみたいで、だからすっかり道を曲がって歩き続けているのにいつまで経ってもシモカワコクシとかいう男の顚末が耳に届く。

そう、両親の顔を見たり声を聞いていると、そうしたことを考え出す。だから家に居たくなかったんだ。彼ら二人の表情や仕草の内に遠からず訪れることになる別れの光景を見出してしまうのが嫌だからぼくはこうして——と、頭の中で独り言めいた考えごとの連なりと夜道をゆく足の歩度を重ねながら一人で外をぶらついているんだ。親の顔を見て寂しい気持ちになるのが嫌だから、と思いつつ、だけど、病気や事故の後遺症で長くベッドにいつまでも横たわっているよりは、父と母が自分の意思で安楽死するのだから別れの瞬間をそこまで寂しく思う必要はないんだ。だから遺された者が寂しく思うのは当然としても嫌がる必要もない。だったら今日のように帰省した日の夜だっていずれ逝く者たちとの名残と定めて家に居ればいいじゃないかとも思うけど、それだとあまりにも退屈なんだ。

「シモカワコクシさーん！　うつ伏せの姿勢を取りなさーい！」と、ずっと後ろを歩く中年の男たちの一人がスピーカーから流れてきた声色を真似ているのが聞こえてきた。

「何をしたんだろ？」と、笑い声の中から、別の男が言い、

「ナイフ捨ててたから喧嘩じゃない？」

また別の三人目が言ったことでシモカワコクシなる男にまつわる事件の一端を知ることができた。それにしても繁華街だと警察も大変だな、さっきラリった爺さんをしょっ引いたと思ったら、今度は血の気の多い男を連れていかないといけないんだから——でも、そう。そんなことはどうでもいい。ぼくもぼくなりにストレスを発散する機会を得なければならないのだし、それに別に今日が両親と会える最後ってわけじゃないんだし、いつだって——今度は妻と子をちゃんと引き連れて——帰る時機はあるのだから。そうだ、明日に

でも父にいつ別の居住区に引っ越すのか訊いておかなければいけないな。立ち退く前にでも子供たちにはぼくの生まれた家をよく見せておきたいから……あれ？　考えながらいつの間にか繁華街の通りからずいぶんと離れた所まで足を伸ばしてしまったのに気づいて立ち止まる。

これまで通ったことがない盛り場と住宅街の境目みたいな細い道に居た。そして、あれ？　と、もう一度つぶやく。左右の建物に飲食店は入っておらず、ただ自販機の灯りやシャッターが何枚も並ぶ道をずっと行った先、暗い中に広く大きな店頭の窓から薄ぼんやりとした灯りで路地を照らす一軒の店が見つかって、ぼくはそこに向かって歩いていく。歩いていって、店の扉の上に「ヨルとホン」と書かれた看板を見上げながらもしかするとここはあばら家で会った老人の言っていた店なんじゃないか？　と思った。

だけど、確か老人は警察に踏み込まれて逮捕者が多く出たと言っていた、だったら店の主だって無事なはずがないのだから今も営業しているなんてあり得ないだろうと理性では分かっていた。だけど、もしかしたら違うのかもしれない。隠れ家なのかもしれない。どういう手を使ってか逸脱者とならなかった店主がしぶとく店を続けているのかもしれない、と頭ではなく手の方が直感したんだろう、気づいた時には扉の取っ手を摑んで開け、ぼくは薄暗い店内に足を踏み入れていた。

やはりあり得なかった。というのも二年前に開店したことを示す金属製の看板が店に入ってまず目につく正面のバーカウンターの壁に掲げられていたからで、一体なんの店かと言えば別に隠れ家じゃなくて海藻や虫から抽出した成分を炭酸水で割った、安静と酩酊と覚醒のどれを取っても中途半端な作用のある飲み物を出す東京にもよく見かける安居酒屋だった。

いらっしゃいませ、という女の人の声が耳元で聞こえたのは全体に店の中が暗いから目立たないけれどスピーカー用のドローンが飛んでいて、そのうちの一つがぼくの肩の上にやってきたからだった。それまで歩き続けていて疲れたのもあって一杯だけ飲んでいこうと決めた。ポイントはたんまりとあるんだからと今夜だけで何度もつぶやいた言葉をまた胸の内で繰り返しながら。

紙の本はどこにも無いと思ったけれど、ちゃんと案内された椅子とテーブルにあった。というかおそらく大昔に出版された古い本を数十、数百冊とまとめて接着剤か何かで固めて椅子とテーブルの形にあつらえてあった。とりあえず本の椅子に腰を下ろし、タンマツに送られてきたメニューの中から飲み物を選んで注文して、やがてテーブルの上に頁を開いた状態で立て掛けられた形で固定された分厚い本――の、真ん中がくり抜かれて画面が取り付けられているもの――に、

優遇枠じゃなくてもマンションに住める!? あなたの持ちポで大人気居住区（※一部地区を除く）のマンション、入居可能か10秒で査定!

【福岡☆採れたてインフォ】耐性獲得ネッタイシマカの駆除作業に伴う公園・自然保護区立ち入り規制の延長について 以下の公園・自然保護区内への駆除期間中の立ち入りはご遠慮ください……

とコマーシャルや広報が流れているのを眺めながら、実家に帰ったら父に引っ越しの時期がいつになるのか忘れず訊こうと改めて思っているうちに配膳機が注文してあった飲み物をテーブルに置いていったから、ずいぶん変な目に遭った出張だったけど、何はともあれ連休開始だなと自らに言ってまずは一杯——と、ぼくは少し離れたテーブル席に居る青年に目を向けた。

正確には青年が指先に持っていた緑色の小さな物を口に放り込んだのを見つめていた。久しぶりに見たと思った。あの錠剤を目にし、そして口にしたのは最初で最後の機会が就専の三年の夏休みだから十数年ぶりだった。そうか、この店はこっそりと出しているのか。どうせ今日は家に帰るだけなんだからとタンマツで再びメニューを見てみるけど、あの青年が手にしていた錠剤はどこにも見当たらない。それはそうだ。法に触れるんだから、と思ってメニューの下に表示されている生身の店員を呼び出すボタンを押してやがて厨房か待機場所があるんだろう、店内のとりわけ暗い場所から出てきた女の店員に、

「薬って、頼んだら出してもらえるの？」

そう小声で訊いてみるものの、

「ご注文ですか？」と言った相手の「ご注文ですか」は、こちらの言った意味が通じていないことが明らかかな、よく聞き取れなかったんですがと言っているような口調だったから、さてどう言えばいいかなと考えた矢先に、

「錠剤だよ。ほら、あのお客さんが手に持ってるやつ。あれ、ここで出してるんだよね？」

テーブルの青年がまた錠剤を手にしていたのを幸いと、目で店員に示してみせたのだったけど、

「ええと、うちは基本的にはソフトドリンクだけなんですが……」と言う店員の口調と表情には――あの客が口にしている物はうちの商品ではない、あの客はおそらく勝手に懐から薬を取り出しては注文した飲み物で流し込んでいるに違いないが厄介な事態にだけはわたしを巻き込まないで欲しいといったような困惑が現れているのを見てようやくぼくの方も勘違いをしていたのに気づき、

「すみません、何でもないです」と言って、店員がテーブルを離れたあとで、いやどうも恥ずかしい思いをしてしまったな。だけどそうだよな、薬なんて置いてるわけもないっていうのに。そう、老人の言った隠れ家っていう秘密めかした言葉が頭に残っていたせいでこの店はそうじゃないっていうのは分かってたのに非合法の印を無意識に探し出していたんだろう。それに青年があんなに堂々と手にしている物に微塵も罪の意識を持ってないって顔をしながら口に放っているもんだから……そう思いつつふともう一度向けた視線の先に居る青年がこちらを見ているのに気づいた。

「すみません。はじめまして。これですよね？」

素早く立ち上がった青年は身体を滑り込ませるみたいにして空いていた隣の椅子に腰掛けながら言い、

「ああ、何がですか？」と、こちらは急に傍まで来られたのを警戒しながら言うと、

「いや、これですよ。さっき、店の人に言ってたじゃないですか。よかったらどうかなって」

そう言われ、それとなく肩をいからせてなるべく身体の正面を、話しかけてきた相手に向けていなかったのだったけど、

「え、いや、いやいや。だって一応ね、あまり見せびらかすもんじゃないでしょ、それ」

ぼくは青年の方に向き直ると指先にある緑色の錠剤と相手の顔を交互に見やって言ったら、

「ああ、大丈夫です。たくさんあるんで」と言った青年は口を開けてそれからにっこりと笑みを浮かべたけれど、いかにも幼くまた人懐っこい感じが不意に暗がりからこちらにやってきたっていう風だったから思わず、

「じゃあ、一錠だけもらっていいです？」と言うと、

「十錠ぐらい全然いいですよ」と、懐から取り出した瓶の蓋を開けて掌にざらざらと小山を築こうとするのを、

「そんなには要らないよ。ありがとうございます……歳はいくつ？」

結局青年の湿り気を帯びた手の上から五錠ほど頂戴したけれど口に入れようかどうか迷いながら訊けば、

「二十三です」

そう言ってしきりと顎を動かしているのは口の中に残っていた錠剤を噛み砕いているからだろう、本人も平気で服用しているんなら偽物ってわけでもなさそうだと、

「へえ、もっと若い、就専の学生かと思った」と、ぼくが言ったあとに思い切って錠剤を舌にのせ、それから飲み物で流し込むのを横目で見ている青年が、

「ここ、よく来るんですか？」

まだ小さく顎を動かしながら言って、

「いや、初めて入った」と、ぼくが答えて言うと、

「おれもです。仲間ですね！」

そう言うと青年はまた口を開け薬で緑色になった舌をこちらに見せて笑う。

呑み込んで十分ほどすると錠剤が効いてきたらしく酔ってきた。青年が胃に流すよりも舌の上から吸収したほうがよく回るのにと言うのに、

「舌から取り込むと悪酔いするって聞いたよ？　まあ、就専の頃の先輩が言ってたから本当かどうか知らないけど」とぼくは答えて言い、それから気分がいいものだからこの見ず知らずの青年を相手に若い頃一度だけやった錠剤遊びのことを話しだす。学校の同級生たちで浜辺に集まったこと、卒業前の最後の夏休みだったこと、団地の廃墟が浜のすぐ傍にあって倒壊の危険があるとかで一帯が立ち入り禁止になっていたのを、もう就労先が決まっているんだから怖いものなどないとばかり侵入したこと、そのとき一緒に居た恋人にちょっかいをかけられたとかで同級生のひとりが勝手に住み込んでいた逸脱者の年寄りにひどい怪我を負わせたこと……

「で、廃墟に居座ったホームレス退治なんてものをやるために集まったわけじゃないだろって誰かが言って、浜辺に戻って一人ずつ錠剤を口に入れた。それで騒いでたら警察官がやってきたんだけど、あの頃は大らかな時代だったんだな、ぼくらが就専の卒業間際なんです、ひとりは警察に就労が決まってるし、役所勤めが決まったのもいるんですって言ったら早く帰れよって見逃してくれてね」

笑いながら聞いていた青年の方も酔っているみたいで、就専時代の自分は成績が不振だったこと、担任の若い教師からおまえは先天的に適性に問題があるわけではないから頑張

れと言われたのが、どうにも恥ずかしかったこと、後から知ったが定期的に支援施設に通わせるかどうかというライン上の成績だったらしく、通いは入所者みたいに安楽死や生体贈与を勧められるわけではないが一般への就職の道は閉ざされることになる……

「先生はいい人だったんですよ。なんとか施設通いにならないように善意で、おれが不適性者じゃないって校長に対して頑張ったっぽいんです。おれ、そのあと結構頑張って勉強して。んで配送のドライバーの職に就いて。居住区を回るんじゃなくて、あっちの工場とか特区の方まで行くんですけど、配送用ドローンの維持費よりも安いから雇われてるって感じです」

「特区って、あの高速を降りた先の？」と、ぼくは口にしてすぐに、

「この辺に住んでるの？」

そう別の方向へと話を向けようとした、というのも仕事のことを思い出したくなかったからで、

「あ、この辺っていうか、まあ結構歩くんですけど従業員用の寮が、あっちの居住区と工場地区の境にあって、そこに住んでます」と青年が答えたのに、

「ふうん。毎日どんなことしてるの？　いやまあ、平日は仕事してるか」と更に訊けば、

「ああ、はい。平日っていうか、シフトが入ってる日だと基本は仕事ですね。休日は今日みたいに飲みに出るか、あとは、タンマツで勉強してます」

そう言うから、

「勉強って、ドライバーの資格勉強とか？」と言ったあとで、

「いや、結構あの、経済とか政治とか、この国の仕組みをおれ、知りたくて……それで

色々と検索して動画を観て、それで勉強してるんです」という相手の言葉を受けてぼくは、へえ、どんな内容の動画を？　と訊いた。

青年は話しだした、といってもぼくの方はほとんど聞いてなかった。酔いがどんどん回りだしてきていた。青年の言うことが無性に楽しく感じられはするのだけど何を言っているのかは皆目理解できなかった。それは酔いのせいだとばかりも言えなくて緑色した舌を盛んに動かして喋る若者の口からは、何やら難解な言葉ばかりが飛び出てくる。堅い話を熱心にしているらしいことはどうにか分かった。けれど、それに興味を持つことは少しもできないでいる。

にもかかわらずぼくは愉快な気持ちで、熱を帯びて世の中だとか政治だとか社会だとかの事柄について話す青年の顔を眺めていた。そういえば客もまばらな店の中には、ずっとピアノ音楽が流れている。スピーカーをぶら下げたドローンによって。そう、青年の話す声もぼくにとってはそれと一緒のものに聞こえているんだった。なんて曲か分からないし知りたいとも思わない、だけど別に邪魔にもならず酔いの回る時間を埋めてくれる。それにもまして愉快に思われたのは青年の感じがいいんだ。そう、いかにも若者って感じだ。誰かと意見を交わすんじゃなく話し相手に向かって一心に自分の考えていることを注ぎ込みたいと願ってやまないような感じが、特にそうだった。その癖、動作にも声にも自信のなさがまとわりついている。

青年は堅苦しい言葉の多くちりばめられた社会一般に対するご高説を話すたび、考えをまとめられないというように鼻をひくひくとさせたり、あるいは下顎だけを小刻みに動かして「ええと」や「だから」と言った。それで考えていた言葉が出てくることもあったけど、しばしばこちらに向かって目を細めて「ああ、言いたかったことが出てこない」と笑う——明らかに付け焼き刃な知識をひけらかそうとして、しかもそれが失敗したことを恥じる様子もないっていうね。その調子ときたらまるで、まあ許してください、これでも頑張っているんですからと許しを乞うような、あるいは無意識の媚びのようなものが垣間見えるから、こちらはこちらで話に付き合ってやっているとでもいうような優越を感じられて悪い気分じゃなかった。

何よりぼくが楽しみを見出している最大の理由に、この目の前の青年が出張とも妻とも両親とも関係がないということがあった。話している間だけぼくは何者でもなかった。社会の中の、雇用に契約に血縁にといった細切れに自分を構成する要素から切り離された偶然に隣り合った者として時間を過ごすことができた。だから正確には青年をというより彼と一緒に居る時間を好ましく感じているというわけだった。

このまま話し終えて、いや楽しかった、薬ありがとう、それじゃさようなら、こう言って別れて家路についていたらいい気晴らしになっていただろう。そしてまた青年の話を聞きながら、ぼくはそうなるのだと完全に信じていたところが、

「そういえばなんですけど、勉強してて、やべえなこの国ってなったのがあって、ギフトライフ制度の闇っていうタイトルの動画があるんですけど、知ってます?」

「いや」

そう訊かれて返事をした辺りでまず帰る時機を逸してしまい、

「知らないんですか?　けっこう有名な政府の裏を暴く系のチャンネルで、そこでギフトライフ制度が実は嘘っぱちっていうのを元従業員を名乗る人物が出演して話してて、で、

その従業員が勤めてた場所が、あそこだったんです、高速道路でしか行けない福岡県内の研究施設だったから、あ、おれよく行くじゃんってなって」と青年が急に熱を込めて話しだしそうになったのを、ぼくは、

「研究施設って、特区のこと？　福岡県内の特区って、あの、海沿いの高速道路をずっと行った先のあれだよね？　なに、君がそこに行くっていうのは配送の仕事で？」と思わずこちらからも質問をしたら、

「ん？　ん？　そんなに、何個も訊かれるとあれっすよ……ええと、特区じゃないです。研究施設っていうのはなんか、大きな病院みたいな白い建物のことです」

「元は大学だったっていうやつのことかな？」

「そうですそうです。多分、それで合ってんじゃないかな。で、あとなんて言いました？」

「言ったって何を？」

「何個も質問したじゃん！」

　こいつも酔ってきてるな、と思いながら、

「研究施設に君が行くのは、配送業務で行くのかって訊いたんだったね」

「ああ、そうか。そうです。トラックで行くんですよ。おれが一人でね、届けるんです。でも、ああ、さっきおじさんが言ってた特区って、あそこでしょ？　研究施設からもっと行った先の畑ばっかりの。あそこにも仕事で行きますよ」

「なるほど、そうだったんだ」

「え、あれです？　特区で働いてます？」と訊かれて、いや地名として知ってるだけとでも答えていればこの会話も終わっていたのだろうけれど、こちらも酔っているものだから、

「いや、でも勤め先があそこと取引してて、今日の朝まで特区に居たんだ。出張でね、東京から来てるんだよ」

「そうなんですか。ギフトライフのこととか、何か知ってます？」と、青年がさっきよりも真剣な目つきで言うのに、

「いや、全然関係ない業務内容だから。農業用のドローンをね、あれこれする会社に勤めてるんですよ。でも、君の言うギフトライフ制度に関係する施設に入ったよ、そこに用事ができちゃったもんだからね……闇みたいなものは無さそうな、古臭い建物だったけど」と笑って言うと、

「入ったって、あそこですよね。看板に長い名前の書いてあるやつですよね」

そう言って相手も葉っぱみたいな色になった舌を見せて笑い、

「うん、長い名前の。ええと、花の名前の施設だったことしか憶えてないや」と言って、ぼくもまた笑うと、

「偶然ですね！　うわ、本当ですか？　あそこ、本当ですか！　だっておれ、最近二度くらい行きましたもん。トイレットペーパーとかコーヒーとかを届けたばかりですよ！　え、昨日まで居たんですか？」

椅子に腰掛けたまま、青年が大声を出すのを見ていたぼくは他のテーブルの客がもしも私服の警察だったら？　と、やや冷静に戻りかけて思わず青年から貰った薬を懐にしまいこみながら、

「昨日行って、特区内の宿泊施設で一泊した。じゃあ、そろそろ……ここのポイントは出すよ。いい物をくれたお礼ということで」と、小心者にふさわしい節度を取り戻すべく言

ってタンマツを取り出して会計を済ませようとした。

「ええ？　ここでお別れですか？」と、青年は残念そうな声で言い、それでも会計するというぼくの提案に従おうとするように自身のタンマツを出して飲み代を表示させたが、その時、

「あ、ちょっと待ってもらえます？」と言うと、素早くテーブルの差込口にタンマツを取り付けて画面を共有させた。

「トークルームのトップ画面だよね？　ルームタイトルは品川……品川って人が主催してるのかな。十代から三十代、宗教、医療費、アトリエ、キャンプ……なんだこれ。会話のテーマ設定がめちゃくちゃだね」

テーブルの上の画面に並んだ文字を見ながらそう呟くと、

「暗号なんですよ」と、こちらを見ないで青年は言うと今度は地図を表示させ、それから、

「どうです？　場所を変えませんか？　ここだと大っぴらに薬もやれないし」と、言った。

「どこか店を知ってるの？」

帰らなければならない気がしていた。だけどぼくの口はそう言っていた。

タンマツを引き抜くと青年はこちらを見た。幼い顔の上にはさっきと同じ笑顔が貼り付いている。

「店っていうか、まあ、来たらわかります！　食い物や飲み物は持ち込みなんで、どこかで買いましょう。車で来ました？　じゃあ、たくさん買い込めますね」

「暗号って？」とぼくが訊くと、

「はい？」と、青年が言うものだから重ねて、

「さっき言ってた、トークルームの」

そう言ったらしばらくして、ああ、とようやく訊かれていることが分かったというように小さく口を開けた青年はもういくつ服用したのだろうか、何錠目かの薬を舌にのせながら、

「ああ。だから、暗号なんですよ、テーマ設定には意味は特になくて、ルームタイトルの方が。ええと、工場地帯の方の、それも港湾のでかい船がいっぱい並んでるところにね、外国人たちが住んでるアパートが何棟も建ってるって知ってます？」と訊かれたから口の中に錠剤を入れて青年と同じように舌の上で転がすぼくが、

「いや、知らない」と言うと、

「結構、あの辺走ってると居ますよ。で、その外国人たちって、一応ほら、何年か働くと永住権的なやつが貰えるとかいう制度で来てて、その代わりに夜遊びとかしちゃ駄目っぽいんですよ。だけど、なんか、彼らだけが使う日本のじゃないアプリがあって。それで彼ら同士英語だか中国語だかで連絡先とか住んでる場所とかを交換して、で、こっそり会って飲んで騒ぐみたいなことをしてんです」

「その、外国人だけ使うアプリがあるんなら、トークルームは何のために利用しているの？」

「彼らだけが使うアプリを盗み見てるスパイとか、居るかもしれないじゃないですか？日本以外の色んな国から来てて、中には、やっぱ政治犯とかも働きに来てるんじゃないですかね。だから保険のためにトークルームで当日参加した奴らだけが集まれるようにして

て、それで、間違って知らない人がトークルームに入ってこないように、わざと変なトークの設定にして、ルームタイトルも集まるその時々で別の地名にしてるんです」

「あ、品川って東京のか。じゃあ、例えば福岡ってルームタイトルの日もあったりするんだね」

「いえ、地名は彼らにとってピンとくるやつがつかわれてるんです、彼らだけが分かる地名が」

そう青年が得意そうに話すものだから、

「詳しいね。君も参加したことがあるんじゃないの？」と、こちらは軽口を叩けば、

「何回もあります。初めは偶然だったんですけど。なんか変な日本人が混ざってるって警戒されてたけど、今はもうなんか、別にって感じで一緒に酔ってます」

「へえ、色々な遊びをしてんだね。次の店はどこにあるの？」

「いや、だから彼らに混ぜてもらうんですよ、これから」と、青年が言ったから驚いた。

会計を済ませて店を出た後、停めていた車の助手席に乗り込んだ青年はとりあえず居住区の外れ、ほとんど工場地帯と隣接した場所にある大きな公園へ向かってくれと言ったんだった。で、ぼくはその辺りに店があるものだと思いこみ車を走らせていた。

まさか外で薬をやって騒ぐのか？　就労規則に違反して集まった外国人たちと？　おまけにその公園というのがついさっき店の中で見た広報に出てきた蚊が飛び回っている場所なんだ。驚かないわけにいかない。

どうする？　人気のない公園で騒いでいるうちに警察官でもやって来たら？　ぼくは自動運転のハンドルがゆらゆらと道に沿って左右に曲がっては元の位置に戻るのを眺めなが

ら考える。そう、青年を無理に車から降ろしてしまおうか？　これが一つ目の解決策。これから買い出しに寄るコンビニで青年が車から降りた瞬間に逃げ出そうか？　これが二つ目。そして最後、公園に着いたとき青年が降りるのを見計らって車を発進させる。

　でも、ぼくはそのいずれも選ばなかった。

「ていうか、さっきの話なんですけど、特区のギフトライフの施設に入ったって言ってましたよね。おじさんは見ました？　ザイコが寝てるのを」と、暗い車内で横に座る青年が訊いてくるのに、

「ザイコって？」

　相変わらずハンドルを見つめながら訊き返すと、青年が、

「在庫品の在庫ですよ、え、あの職員のおっさんに会いませんでした？　背の低い五十代くらいの、あの建物じゃ一番偉いっていうことになってるおっさん」

「うん、会ったよ。その人が言ってたの？」

「そうです。重度不適性者の、生体贈与を希望したことになっている人たちのことをそう呼んでました。うちはザイコを寝かせとく倉庫だからって」と話すのを聞いて、最後に見た職員のにやけ面を思いだす。ぼくに向かっては献体者さんと呼んでますなんてさも敬意を抱いてるみたいに言っていたけど、たいした二枚舌だ。

「で、見ました？　おれ、廊下の奥まで行ったことないから。外からも窓にシートが貼ってるせいで見えないし」と青年が重ねて訊いてくるのに、

「いや、ぼくも見せては貰えなかった」と答えてすぐに車を停めて、「コンビニはここでいい？」とシートベルトを外す。

「そうかあ。おじさんも中までは見なかったのかあ」

買い物を終えて、二人して両手いっぱいの菓子が入った紙袋を抱えて車に乗り込み、再び公園を目指して走り出したときに青年が言うから、

「そんなに気になるものかな？　生体贈与の、ええとギフトライフの施設が」と訊くと、

「だって、あれは嘘っぱちなんですよ？　調べたいって思いませんか」

そう青年が言った声には熱がこもっていて、

「それを、動画で知ったって言ってたね。でもぼくは観たことがないからさ。ギフトライフ制度の何が嘘っぱちなの？」とぼくは言い、やはり青年が店の中に居たときと同様に話しだす。今度は音楽なんて流れてなくて、また他に客の姿もない二人だけの車中であるためにさすがに相手が何を言っているのか理解できた。それで分かったのは青年が観て勉強になったと言っている動画は陰謀論を信じる人間に向けたものだということだった。

「あの制度って、新薬や新しい治療法を確立するためじゃないですか。実験のために生体贈与を希望したことになっている重度不適性者の人たちをラボに集めて、人為的に病気にしたうえでワクチンや薬を打つってことになってて、そのあいだ献体は苦痛を感じないように眠らされているってことになってて……」

けれどこれは青年曰く真実ではなく、集められた重度不適性者たちは実験体として緩やかな死を迎えてはいない。なぜなら世界を支配するある集団が製薬業界を牛耳っていて日本の独自研究と新薬の開発を阻んでいるから。でも、

「日本の政府の中には、それじゃいつまで経っても裏で世界を支配する連中の手から抜け出せないっていう信念を持った政治家の人が居たんですよ。だけど、そのひと事故死しち

ゃって。で、事故死っていうことになってますけど、公表された死因なんだと思います？　睡眠薬を飲んで入浴したことによる溺死ですよ？　ありえなくないですか？　絶対に暗殺されたんですよ。で、その政治家が立案したのがギフトライフ制度だったんです。日本人による、日本人のための医学の発展のために、捨て身で献体になる人を募ったうえで新薬を開発しようって……」

でも政府はすでに「企業」に乗っ取られていた。そして「企業」の中には先ほどの世界を支配する集団のスパイがたくさん入り込んでいたから、信念ある政治家の置き土産のようなものだったギフトライフ制度も単なる重度不適性者の収容事業という形に骨抜きにされてしまった。収容された重度不適性者たちを使って実験ができない以上、彼らは献体として国のために死ぬこともなく国費を使ってただひたすら眠らされている。そのせいで日本の富が浪費されていて、

「それこそが狙いだったんですよ、やつらにとっては。自分たちの支配から逃れようとする政治家は抹殺してスパイを国の中枢に送りこむ、で、わざと無駄な政策を行わせて二度と歯向かえないように衰退させる。日本が、そういう罠にかかっていることをね、ギフトライフ制度は証明しているんです」

なんじゃそりゃ。青年の言っていることは完全に陰謀論としか言いようがなかったのだけど、とにかくぼくは青年がどんな考えにはまっているのか、そのおおよそを理解したうえで、それを追及したいという青年の熱意を計りかねた。こう言ってはなんだけど重度不適性者がどうあろうとそんなことはどうでもいいことじゃないか？　彼ら、社会の隅っこに生きる、あるいは生かされる者たちが安楽死をしているのか実験体とされているのか、

あるいは青年の言うとおり死なずに寝かされているとして生活には少しも関係がないじゃないか。だからどうしてこんなに青年がこだわるのかぼくには分からず、熱弁にもだるいなと思うだけだった。

そんなことよりも大事なことは、もう十分以上も走り続けているんだ。買い物をしたコンビニもはるか後ろ。最低限の街灯が等間隔で道に寂しい光を落とす、この辺りもやがて居住区の縮小計画に引っかかるんだろうということの分かる他に車もない暗い街道を走り続けていて——そう、結局ぼくは青年と別れる機会を逃し続けてしまっていた。このままだと、あり得ないと思っていた外国人たちと一緒に飲んで騒ぐなんていう場所に、自分が混ざることになる。

あり得ない。なのに、この事態をぼくは傍観している。

「それで、君はギフトライフ制度が嘘だって信じてるんだね？」と、ぼくは話し終えた青年に向かって言うと、

「信じてるっていうか、嘘なんですよ」

そう、青年が言うから、

「嘘だとして、どうしたいの？　君もネットに番組を持って発表するの？」と訊くと、

「暴きますよ、もちろん。そのためにはまず助けたいんです。重度不適性者を」

「どうやって？」

「施設に行って殺すんです。全員。彼らは安楽死を希望したわけだから、その願いをかなえてあげるんです」

「おいおい。過激だな」

青年の言葉を聞いたぼくは鼻で笑いながら隣を向き、暗闇の中に青年の横顔を見つけ出そうとした——冗談であることを示す薄笑いを浮かべているだろうと思って。そのとき、「位置情報がワイド、になっています。設定を変更して詳しい位置を提供する、に同意しますか？」と、今まで一言も喋らなかったナビゲーションが話しだしたため、「同意しない」と返事をしたのと、

「着きますよ。暗いから、側溝にタイヤが落ちないよう気をつけてくださいね」

そう青年が言ったのはほとんど同時だった。


車を停めた場所は、おそらく公園の傍にあったテニスコートを利用する者たちのための駐車場だったらしい。ずっと辺りを見回しても灯り一つなかったけれど、金網が張り巡らされていることで何とかそこがテニスコートで、ということはここが駐車場なんだろうなと分かったに過ぎなくてとにかく真っ暗。加えて何も見えない足許は草だらけでそれも伸び放題なものだから、

「こっちに坂っていうか、なんていうか、低い丘？　みたいなのがあるんで、行きましょう」と、青年が歩き出したのについていくぼくの首や顔を雑草の葉が撫でたり引っ掻いたりして気持ち悪くて仕方がなかったし、

「丘の上にグラウンドがあるんですよ。周りがずっと森みたいに木が生えてるじゃないですか。だから、外からは見えないし、それに警察も全然来ないから彼らは結構ここに集まっていることが多いですね」と、先を行きつつ話す青年が濡れた落ち葉の積もった坂道の途中で転がっていた枯れ枝を踏んだ拍子に、鋭い枝の先と土とが顔めがけて跳ね上がって

きたのにも何しろ真っ暗なものだから、当然ぼくは避けられないで、まともに鼻の頭を切りつけられたような痛みと目に入った砂のため、それと錠剤が効いていてふらついているのもあったんだろう、後ろにのけぞったまま横ざまに倒れてしまったのに、

「大丈夫ですか？」

丘を登り切った青年がそう声をかけてきたけど、何も返事をしないでおいたのは、こんな場所に来るんじゃなかったという後悔と馬鹿らしさで不機嫌になっていたからだった。

転んだ際に手に提げていた袋から買った食べ物がみな外に出て地面に散らばった。ぼくは伸ばした手に触れられた物を拾い上げ、だけどいくつかは見つけられなくて、仕方なく先ほどよりも軽くなった袋を持って坂を登った。

木々の生えた坂の上にはたしかにグラウンドが広がっていた。けれどそこも草だらけで、おまけに水はけが悪いらしく所々に大きな水溜まりがあるのが、ずっと向こうのマンションの灯りを水面に暗く反映させていることで分かり、何というか、そりゃ蚊だって湧いてくるよと思うほかない草原でしかなかった。その一画、青年の言った通り周囲をぐるりと木々が覆う中でも、とりわけ葉を茂らせた太い木が立ち並ぶ、そして地面に石か何かでも敷き詰めているのか、おかげで草の生えていない一画の地面が明々とした光で照らし出されている。どうやら火を焚いているらしく、オレンジ色の光の中をたむろし、また歩き回っている者たちの黒い影が遠くに見える。

「おれが持つんで、それをください」と、数歩先を歩いていた青年がこちらに振り向くと言って、

「あの人たちがそうなんだよね？」と先ほどは不機嫌だったのが今はどちらかというと不

安を感じ、袋を渡しながらぼくが訊くのに、

「おれよりもかなり遅れて来てください。ええと、まっすぐ焚火の方に来るんじゃなくて、木の生えた端っこに沿って来る感じでお願いします。向こうがオーケーしたら呼びますんで」

青年は答えないで、そう言った。

言われた通りグラウンドの中へは入らず坂の上の土手に沿うように歩きながら、距離を置いて青年の背中を見つめていた。水溜まりで靴が濡れるだろうに、彼はグラウンドを突っ切って真っすぐ炎の照らす方向に向かっていたけれど、やがて買い物袋を持った両手を持ち上げて何やら言ったのをよく聞いてみると、

「おつかれっす。タンさん、こんばんは！」と、どうやら見知った者に挨拶しているらしい青年から、ぼくは彼らの方に視線を移し、何人ほど居るんだろう？　十人か、もう少し多い人々の影は動かないまま近づいてくる青年を注視しているようだけど、彼らがぼくに気づいているのかどうかは分からないでいる間に青年は明るい一画に辿り着くとそのうちの一人の傍に立ち、きっと、知り合いがあそこに居るが連れてきて一緒に飲んでいいか、とか訊いているんだろう。

「大丈夫です！　来ていいそうです！」

しばらくして青年のそう言った声がしたから足をグラウンドの草むらの中に向けたぼくは、できるだけ早く焚火の傍に行こうと思った――というのは歩きながら耳元を飛び回る蚊の羽音が聞こえていたからで、煙の立つ火の近くならば刺されるのを免れるかもしれないと湿った草を踏み分けて歩いていった。

「彼らがそうです。まあ、自己紹介とかはしない方がいいですよね。あ、タンマツなんですけど、位置情報を曖昧にしといてください」

顔の動作で外国人労働者たちを指した青年はそう言うと、腰程の高さのドラム缶に何本も枝が挿しこまれ、白い煙がくるくると炎に巻き付くように空に上がっていくのに目を向けていたが、ふと彼らの傍に行き一言か二言だけ日本語で言葉を交わすと両手に飲み物を持って戻ってきて、水溜まりのできていない場所を見つけると腰を下ろし、

「さっきの話の続きなんですけど」と言ったから、

「何の話をしてたっけ？」と、ぼくは飲み物を受け取ると言った。

ぼくと青年の腰を下ろした場所と、立って飲み食いをしている彼らの間に三つのドラム缶が置かれていた。そのどれもが盛んに炎と煙を吐きだしていた。地面に座ったのとドラム缶の高さのために、確かに向こうに居て何やら会話をし、笑ったりしている外国人労働者たちの顔は火と煙に遮られている。

だから、どうにか顔が見えないものかなと思っていて気のない返事をしたぼくに、

「重度不適性者たちのことですよ。かわいそうだと思いません？」と青年が言って飲み物を口に含むと不意に立ち上がり火の傍に近寄っていったのを見ると、彼はドラム缶から長く飛び出た枝を一本持って何かをしながら、

「おれ、こんなに話すことなんて仕事してるときには滅多にないんですよ。だって、同僚も上司も本当に馬鹿ばかりなんです。みんな、おれを馬鹿にして、何を言っても聞いてくれない、本気だって受け取ってくれない……あなたはちゃんと聞いてくれているんで、ねえ」

そう青年は火の灯る紙巻を口に咥え小さな煙を吐いて言ったのだけど、あいにく——どういう理由で彼がぼくを真剣な聞き手だと受け取ってしまったのか分からないけどまるで続けたい話題とは思えないものだから、

「さっきの話？　ああ……いやいや、本気とかそんなんじゃなくてさ、殺すって本当にそうしたくて言ってるってこと？　極端でしょ、どう考えても……冗談にしたって、いくらなんでも」

「おじさんもそう言います？　同僚も同じこと言ってました。通報されるから、あんまり他の人に言わないほうがいいよって、にやにやしながら言いやがって。でもね、おれは本気だって見せてやるんですよ。そうしないと、いつまで経ってもこの社会は変わらないですから」

「社会は変わらないって、支配されているのが変わらないってこと？　その、なんとかいう集団が……」と話しながら、ぼくは身体が揺れだして、さっきみたいに横に転がってしまいそうになるのを感じ、

「そう。いつまでも日本人が本当の意味で独立することができないんです。おれ、知ってますよ。本当はとっくの昔に受精卵をいじって赤ちゃんが重度不適性者として生まれずにすむ技術が発明されてるって……なのに、その技術は日本では倫理的じゃないからっていう理由で禁止されてるって。でも、それは嘘なんですよ。奴ら、政府に入り込んだ連中が裏で暗躍しているんです。かわいそうですよね、そのせいで望んでもいないのに重度不適性者として赤ちゃんが世の中に生まれてきて、国の社会保障を蝕むための道具にされているんですから」と青年が喋りだしたのを聞いて、辛うじて身を横たえないよう地面につけ

た片腕を支えにしながら、

「技術って……スクリーニングのこと？　それは、今だって日本でもやっていいことになっているよ……そう、ぼくの息子だって、それで調べて標準適性以上の子が生まれてきますよって医師が太鼓判を押してくれた……なんだろう、眠いのかな」

　そうぼくは答えて言うと笑い声を上げて、けれど、その太鼓判を押された次男がもしかすると適性以下であるかもしれないと判明したんだった。あれからぼくと妻の間で唯一仲良く共有された不安の種がこの次男の行く末なんだったと不意に思い出し、暗い気持ちを追い払おうと錠剤を今度は二錠口に含んだ。そうしている間にも青年は、

「赤ちゃんがどういう適性を持っているかを調べるやつのことですよね、スクリーニングって。それじゃなくて、おれはその話をしてるんじゃなくて……そもそも重度不適性者は生まれてくることがおかしいってことなんです。なのにそうだってことは仕組まれているんです」と言ってまた煙を吐いたから、

「分かった、仕組まれたことだとしようよ。だけど生まれてきた以上はしょうがないじゃないか？　殺すなんて言うのはおかしいよ」と、ぼくは青年がこれ以上何か話しだすのを遮ろうとするみたいに言った。彼は何を言っているんだ？　早く話題を変えようよ、人を殺すなんてこんなのは愉快な会話じゃないという疑念が胸のうちにわだかまっていて、

「でも今のままだと、あの人たちはずっとベッドに縛り付けられたまま、望んでもない生を送ることになるんですよ？」

　そう青年が飽きもせず繰り返すのにも、

「だからって重度不適性者の本人たちが殺してくれって言ったわけじゃないんだろう？

だったら同意を取らない死ってことだし、それは殺人になっちゃうじゃないか」とまた言うと、

「彼らは生体贈与を希望してやってきたんです。だったら希望通りに殺してあげないと、不道徳じゃないですか？」

「道徳の話をしているんじゃなくて……そうじゃなくて、法律の話をして……」と、ここでようやくぼくは何を言い返しても青年は持論を披露するのに気がつき、早い話がなかば諦めつつあって、だけどせめてこの奇妙な問答をどうにか別の会話に逸らしたいと思ってこう訊くんだった——「そもそも、どうして重度不適性者のことがそんなに気になるの？社会保障がどうとかっていうのは別にしてさ」

「担任がね、おれのことを重度不適性者と比べたら成績優秀だって」

「担任って、さっき店で言ってた先生のこと？　いい人だって言ってたじゃないか」

「おれの前では頑張れって言いながら先生同士でする話の中ではおれのことをそう言ってた。いや、いい人なんだと思いますよ？　別にいじめられてきたとかじゃないんで。でも、比較に持ち出すって時点で、おれのことっていうよりも重度不適性者の人たちのことを見下してますよね」

「うん……見下してるんだろうね」

「そうでしょ？　それを聞いて、そん時に、おれが比べられた重度不適性者ってどういう存在なんだろうって、ずっと気になってて。で、配送するようになってから施設のことを知って、なんですかね、興味が再燃したっていうか、それで勉強するようになって。それで、おれ、あれですからね？　おれは担任の馬鹿と違って重度不適性者を差別してません

から。これは絶対に言っておきたいんです」

「うん、なるほど。なるほどね……」

「ね？　おれは彼らを自分と何の差もない人たちだって思ってますから。だからこそ、自由にしないといけないんです。今の施設で縛り付けられたままの状態っていうのは、おかしいんです」

ぼくはここで返事もしなくなった。というかできなくなった。また話が殺すだのなんだのいう所に戻っていったという苦痛と、何より錠剤をのせていた舌が痺れだし、顎は重たく、言葉を発することが億劫でたまらなくなってきたからで、その間にも青年がずっと、そう、ずっと、

「世間の人たちって、重度不適性者の人がなんで生きているのか意味が分からないって思ってるじゃないですか。生まれてきて、誰とも話せず、恋もせず、走り回ることもできなくて、食べることも寝ることも糞をすることだって他人に全部やってもらう人生なんて無意味じゃないかって言うじゃないですか？　でも、おれ、そう思わない。彼らには生きる意味が絶対にあるんです。だから、ずっと勉強しながら考えてて、ある日ね気づいたんです、ね？　あ、重度不適性者の生きる意味ってこれだ！　って気づいたんです」

「おう……」

「彼らが生きていることは無意味なんですよ。でも、それこそ意味があるんです。生きていくのに働かなくちゃいけない、誰かを養わなきゃいけない、お金を払わないと……ね？　こういう、意味のあることにがんじ搦めになりながらじゃないと、おれらって生きていけないじゃないですか？　重度不適性者の人たちはそうじゃない。徹底的に、この意味を生

み続けていく社会の中で無意味に寝ているんです。それって、すごいことだと思いませんか？」

「……」

「ねえ。すごくないですか？　あの施設のおっさんは彼らのことをザイコって呼んでたけど、それで正解なんですよ。いつまでも在庫のまま。使われることもなく、自分自身の身体を使いもしないで、ただ無意味に寝転がってる生き方なんですもん。おれは、だから、なんていうんですかね、ある意味で社会に抗ってるって言えるんじゃないかって思うんですけど、そんな重度不適性者の人たちの生き方をすごいって思ってるんです、下に見てないんです」

「いぇあ……」

「あ、それでね。だから、重度不適性者の人たちがそうやって、やたらと意味を求めてくる社会の中で、じっと無意味を続けてんのっていうのは、すっごい、おれ、なんだろう、尊敬？　いや、すごいなって思ってるんですけど、だからこそ、この国に巣くう奴らが彼らを利用していることが許せないんです。重度不適性者の人たちの無意味だからこそ意味がある生き方を利用してね、社会の資源を浪費させているんですもん。だから……そう、だからですよ、彼らを殺すんです。重度不適性者の人たちが大量に死んでいるのが発見されて報道される、彼らの中には本来とっくの昔に贈与されたはずの者もいて、なのに施設のベッドで殺されたっていうことだから、おかしいぞって世の中で騒がれて政府の生体贈与制度の嘘が暴かれる……もちろん、政府は隠そうとするだろうし、それにマスコミだって報道しないかもしれないけど、でも、きっと福岡の特区で重度不適性者を狙った大量殺人が発生したらしいってネットを通じて人々が知るはずなんです。そのときに、きっとね、今の社会がおかしいって世の中は気づいてくれるから……」と話すのを聞きながらぼくの目はゆらめく炎の向こうにあるはずの外国人労働者たちの顔を探していた。誰でもいい、この奇妙な時間に幕を下ろす言葉を告げて早くこの場から立ち去らせてほしかった。

だけど、ぼくの目は誰の顔も捉えることができない。青年は話し続ける――

「でも、殺すっていったって、どうやってって思うじゃないですか？　思いません？　だって、無理じゃんって。まず施設に忍びこんで、職員を動けないように縄で縛るか、それか殺すか。で、もし警報のボタンを押されたら警備員が来ないうちにやるしかないですよね。ナイフじゃ、多分時間がなくて無理だなって、だから諦めるしかないかって思ってたんですけど、だけどなんとかなりそうなんだ」

「……」

「でも、大きな建物は警備が厳しそうなんだよな。行くなら特区の方かなって思ってて……そういえば山の頂上のドーム、あれとかも絶対に施設に関係してますよ。おれ、配送が終わったあとなんかによく山に行ってるんですよ。探検っていうか、あの辺全部、特区の内じゃないですか？　だから施設に関係した建物が絶対隠れてるって思って。あそこも重度不適性者の人たち用の収容所なんじゃないかな。おれ、三回ぐらい行こうと思ったけど、家の廃墟？　みたいなのしかなかったり道が崩れてるから行けなかったりで。わざと人が入ってこれないようにしてるんじゃないかなって睨んでるんですけど」

「いいや……いや。あれは」と、ぼくは苦労しながら口を開けて言う。「あれは、ええと、違うよ。あそこは単なる林間学校の……す、しゅ、宿泊施設だ……」

「行ったことがあるんですか？」

「て……適判四年生の時に、学年ごと行ったよ。あのドームの下には、でぃ……ディベートルームがあって、収容所じゃない……」

「でも、それは昔ですよね、今は中を改装して、重度不適性者たちを寝かせているかもしれない」

「いや、そんなはずはないよ……」

「見たことがないじゃないですか、今のドームの中を」

「……」

「まあ、ここまで話したら、もうやめるわけにはいかないから。おれの考えが分かったでしょ？　おれはやる、おれは彼らを自由にするスイッチなんだ」

「スイッチ？」

　また訊いてしまった。

「社会を変えるためのスイッチです」

「重度不適性者は？」

「うん、彼らは、犠牲……かな。いや、考えてないけど……」

「彼らを、たくさん、殺して、世の中が変わったとして……じゃあ、受精卵をいじる手術も出来るようになって、それでも医者は、万能じゃないんだ。どうしても重度不適性者の、というか……程度はともかく、不適性者は、生まれ、続けるんじゃないか？　それらも、君が全員見つけて、殺して、回るのか？　ぼくの息子も、もしかすると、うん、それはどうでも、いいけど……ええ、ぼくは何が、言いたいんだったたっけな、そう、君が人の命、を、生きていいとか、生きていては、駄目だって、社会が、変わっても、決めて回るのか？」

「いや、しませんよ。おれの役目はスイッチを押すとこまでなんですから。第一、生きていいのか死ぬべきなのかは、おれが何もしないでも色んな人が決めてるじゃないですか？　おれの両親はどっちも安楽死しましたけど、これ以上生きていてもポイントが払えなかったから役所の人に勧められたんです。おれが重度不適性者の方々を殺さなくても、生まれてきた彼らは誰かの提案で安楽死しますよ」と、青年は言うと何かを思いついたというみたいに口を開け、

「知ってます？　今、人間の筋肉とか神経を組み込んだ、より人らしい動きができるロボットができたってニュースがあったのを。でも人工培養で作った筋肉とかって、どうしても本物の人間みたいには動かないのが課題なんだって。それ、勉強してて知って。だから社会が変わったときには、重度不適性者の人たちはちゃんと献体として薬の実験に使って、それで死んだあと残った身体をロボットに使うっていう法律を作ればいいんじゃないですかね？　これ、どうですかね、いいアイデアじゃないですか？　全然無駄がなくて……」

と、話す声をぼくは聞いていたはずだった。だけどぼくの憶えているのはここまで。次の瞬間には実家のベッドに倒れてひどい頭痛に悶える自分を見出した。

*

「あなたも、何かを捜しているんですか？」

三人目の女の人が話しかけてきたから、わたしは驚き、わずかばかりだが喜んだ。自分からでなく向こうが声をかけてきたのは、この落ち葉の一面に敷き詰められた場所では初めてだったから。

けれども、わたしは胸の奥から湧き起こった喜びをすぐにしまいこむ。きっと、この女の人も先ほどまで話した二人の女性と一緒なのだ、彼女も何かを捜していて、それを見つけられないでいる。手分けして捜すならば、あるいは見つかるかもしれないのに。

だが、彼女たちは誰の手も求めはしない。なぜといって、彼女たちが捜しているものは落ち葉の下には無いのだから。彼女たちの目もまた、落ち葉を見てはいない。ここよりもずっと広くて暗い、落ち葉のように過去が降り積もった自分自身の心の中を見つめているのだから。

「ええ。妹を捜しています。委ねてしまったけど、やっぱり会いたくて」

目の前に立ち、片手に持つ木の枝を足元に捨てると、折れて音が鳴るかどうか試すみたいに靴で踏んで、ゆっくりと体重をかけている相手に向かって、わたしは言う。

「そう。さっきあなた、あっちにいた人たちと話してたでしょ？　それって、妹さんがどこに居るのか訊いてたの？」

わたしが頷くのを見ると、

「こんなに落ち葉だらけだから、捜しても無駄ですよ。あの人たちだって、かれこれ半日もここに居て、同じところばかり歩き回っているんです。あとはどこで諦めるか……あの人たちは、もうそれしか頭にないんですよ。日が落ちてきて冷え込んできたら帰るしかないでしょう？　こんな、腰を下ろすようなベンチもない場所なんだし、家に帰ってやらないといけないことも一杯ありますから」

「さっき話していた方々がそうだったんですけど、あなたも捜しているのはお子さんですか？」

「長男。だから男の子を捜してました。役所の人に委ねてから、あの子のあとに三人も子供ができまして。三人目が留学先で仕事を見つけられたって、このあいだ言ってきましたから、ようやく子育てもおしまいです。あの子を委ねて、そのすぐあと生まれた新しい長男はまだ子供を持つよりも会社を経営するのが楽しいみたいであれなんですけど、真ん中の長女にはもう二人も子供が居るんですよ。だから、わたしはこれからも仕事を続けながら、でもペースは少しゆっくりにして、代わりにお婆ちゃん業で忙しくなるっていう時なんです。良い区切りだなって思って、あの子にお礼を言おうかなって思って来てみたんだけど、今日は無理みたい。委ねる前は、ベッドの上でパパにもお医者さんにも物怖じも恥ずかしがりもせずに嬉しそうに声を上げてたもんですけど、今日はそういう気分じゃないのかなって思って、会うのはまた今度にして帰り支度をしてたところ。だから、残念ですけど、あなたと一緒に捜してあげられないんです」と、女の人が言ったから、

「そうですか。お礼っていうのは？」

「生まれてきてくれてありがとうって。なんだか、あの子が生まれたから、あとの三人の

子供たちがわたしの元にやって来たって、別にそんなのは関係ないって分かってますけど、そういう気分だったから。それに、あの子は国のために役に立つんだから、その感謝も込めて言うつもりでした。きっと子供用の難病の薬のために、あの子の身体は役に立ったって」

わたしの問いかけに、まっすぐこちらを見つめて女の人は言った。白い肌の顔には皺が刻み込まれていた。瞬きをしたり鼻を小さく啜ったりするたび、また口を動かしたり眉を持ち上げてみせたりするたびに、一時も休まずに皺が顔のうえを躍動する。まるで女の人が喋るから動くのではなくて、皺の方が女の人に表情を作らせ言葉を発させているように見える。

「国のために……」と、わたしが声を落としてつぶやいたのに合わせるみたいに、少しだけ前屈みになった女の人は口元に手を当ててると小声で、

「ほら、さっきあなたが話してた女の人たちね、どっちも大きくなるまで委ねなかったんでしょう？　だから、もう年齢が年齢で何人も産めなかったそうじゃない。わたしは、それは申し訳ないからね、国に対してね。役所の人に頼んで、お医者さんにも頼み込んで診断書を作ってもらったの。あの子が精神面でも重度不適性者で、通常は成人年齢からしか適用できない生体贈与の制度を、安楽死と併用して申請してもらえるようにしてくださいって。もうこれ以上生きていることが、あの子にとって耐えがたい苦痛だからっていうことにしてもらって……だから、あの子が委ねられた時には、わたしはまだ二十代半ばでしたから。おかげで三人も子供を作ることができて、少子化への国民総出の闘いに参加することができたんです。そうそう、あの子にはその報告っていう意味でお礼を言いたかった

んですよ。お母さんは、どうにか不忠者にならないで、他の女の人たちみたいに、一人や二人しか産まないでいるような情けない人間にならずに済みました、それもあなたが生まれてきてくれたからですよ……ね、分かるでしょ？」

そう話す相手は、わたしの目に説明しがたい、混乱と疑惑の色を見つけだしたみたいだった。事実わたしは、

「不忠ですか？　子供を何人も産まないことが？」としか言えなかった。

「不忠ってはっきりと言っちゃうとね、きつい言い方になりますよ、そりゃ。でも、そうじゃないですか。国のために果たさないといけないことはたくさんあって、おまけに男と違ってわたしたち女は、子供をお腹の中に抱えていないといけないでしょう？　二人分以上の働きをこなして初めて、やっと社会の中で堂々と意見を言えるようになるんですから、それをしないで女性の社会進出がどうとか、いっそ子供を産むのを控えるべきだなんて言っている女の人も居ますけどね、わたしからすれば甘えてますよ」

「あなたは、そう……三人もお子さんを、ええと、四人もお子さんを」

「三人でいいですよ。だって、社会に上げてやれたのは実質的に三人だけなんですから。あの子は、社会に出ていくその前に委ねたんですからね。でも、子育てだけならね、まだ母っていう立場だけで頑張っていけますけど、わたしはそれ以外とも戦続きでした。父がそう。相手への否定からしか会話を始められない男で、母が二人目の敵。わたしの前に敷いた道が一本しかないと信じ込んでいて、味方ができたかなって思ってた夫が三人目ですよ。まるで狙いすましたみたいに家庭の中でやることなすこと、一々がわたしの神経を逆撫でする不徹底さで、おまけに本人はすぐにパンクして拗ねたり落ち込んだりで、ええと

次は？　そう、上司が四人目です。おなじだけ仕事ができる男女が居た場合に、決して女を評価しない、できない人間。バイアスに気づかず生きていける幸福な間抜けってところで、その全員がわたしの行く手を阻みました。そしてわたしは全員に勝利しました。今では彼らのことを愛してさえいます、もちろん、その程度は子供たちや話し相手の古い友人たちに注ぐ愛情とは比較にもならないものですけどね。それでも、愛してやらないこともないって思えるだけの余裕を勝ち得たわけです」

「分かりました。ご一緒できないことも、そう、あなたは他の二人の女の人たちとは違う理由で、わたしと一緒に捜そうとは思わないっていうことが、よく分かりました」

　わたしは、ぎごちなく、そしてどういうわけか自分自身を哀れむような笑みを漏らした。

「どうか気を悪くしないでください。わたしの中ではふたつの混ざり合わない思いが常に同居しているんです。あの子ほど寝かしつけるときにも、ご飯を食べるときにも、健診に連れていくときにも手のかからない子は居なかった。だけど、あの子をわたしは委ねました。その判断を間違っているとは思いませんけど、だけど同時に、あの子が眠っているあいだにそっと抱き上げて、国も家族も捨てて逃げ出したいと心から思ったことだって何度もありました。前者が現実、後者は夢です。わたしはそれをはっきりと分けて、前者に委ねた……そう、わたしは、あの子と同時にわたし自身をこの国に委ねたんです。女として生きていくために、どうしてもこの両手が塞がったままでいるわけにはいかなかったから」

　三人目の女の人はそう言うと、わたしの方を見ることなく、あるいは初めから見ていなかったみたいに背中を向けて、どこか寂しい道へと歩いていく。その背中に向かって、

「わたしも、どうしてここに来たのか分かりました」

と言ったけど、もう女の人は振り向かなかった。でも、それでも別によかった。今度は自分に向かってわたしは繰り返す、四人目の――最後に残った、道の真ん中に膝を抱いて座る小さな女の子の傍に歩いていきながら。

そう、わたしは妹を捜していた。だけど、それは同時に、わたしの手を取って、一緒に捜そうと言ってくれる人を捜すためでもあった。

そう、そうしなければ見つかりはしない。あまりにも落ち葉が多すぎる。これでは、とても見つかりはしない。

そう、けれど、一人の手ではなく二人の手なら。三人なら、四人ならば、きっと――委ねてしまったのは一人ぼっちだったからだ。その口は言葉を発しようともできずにいた、なぜなら聞き届けてくれる耳がどこにもないから。その目は自分が間違っていないかどうかを確かめることができずにいた、なぜなら自分を見つめ返してくれる瞳がどこにもなかったから。その耳はただ相手の要請に応じるだけの器官になり果てていた、なぜなら複数の声を受け入れて初めて耳は判断の可否を下せるから。その手は空を摑み自分自身の覚束なさを深めるだけだった、なぜなら二本の腕だけでは世界と自らの隔たりを無くせないから。その足はどこにも落ち着く場所を得られずにいた、なぜなら大地は一人だけで立つには広すぎたから。

そう、妹を委ねたときにわたしは、わたし自身の身体をも失った。取り戻さなければならない。わたしは、わたしを取り戻さなければならない。そのために妹と会わなければならない――わたしは小さな女の子の前に立っていた。

「あなたも……」

声をかけようとした。けれど、突然そこら中に響き渡る警報音が空の上から聞こえてきた。

思わず音の方に上げていた視線を女の子に向けて、わたしはそれが偽物なのだと気がつく。

人形！　ことに可憐に、また精巧にできた顔の心持ち開いた口の中には、拡声器が仕込まれているらしい。びりびりと、着せられている服や長い栗色をした髪の毛が小刻みに震えるほどの音量で、

《散れ！　ひとりだけで居続けろ！》

と、人工音声でがなり立てる。

そのあいだも警報音は鳴り響いていて、わたしはもう一度顔を上げた。夜が迫ってきた曇り空に、何十もの小さな黒い点が浮かび、波打つ警報の音の途切れ途切れに、不快な羽音を響かせて森の上を浮遊しているのが見える。

《集まるな！　産め！　道は一本しかない！》

わたしは走り出す。でも、どこへ？　今度はどこに向かう？　考える暇もなく木々のあいだを駆け、倒れた枯れ木の幹を迂回し、水のない落ち葉と小石だらけの沢を下り、とにかく深く、生い茂った、暗い、けれども木々に生える葉があんまり繁っているせいで、あの羽音を鳴らす点々が見つけられないところを目指して走り続けた。

途中、わたしは何度も辺りを見回した、さっきの女の人たちの姿を見つけられないかと思って。無事だろうか？　けれど、暗い森の中に彼女たちの背中も見ることはできなかっ

た。
《道は手を繋いで行けるほど広くはない！　散れ！》
まだ声は追いかけてくる。でも、少しだけそれは遠くなったようだった。このまま走り続ければ逃げおおせることができるかもしれない――でも、逃げると言ってもどこに？

＊

山の下からだと細い鉄塔のように見えていた物の正体は、施設の看板を掲げた骨組みでしかなかった。どこもかしこも茶色く錆びが染みでていて、元は白だか薄緑色の塗料で覆われていたらしい。剝げかけた塗料の残りが紙きれみたいに骨組みの所々に張り付いていて、また草で埋もれた土台のコンクリートに目をやるとそこにも落ちたのが降り積もっていた。

骨組みは高く大きかったけれど鉄の柱の一本ずつが細いせいで日陰を作るというわけでもなかった。だから、青空に向かって頼りなく伸びた先端とそのすぐ下に掲げられた看板を眺めながら、ぼくは疲労と暑さのせいで軽い眩暈を感じていた。

ぼくは再び山に来ていた。そして最初に来た際とは違う道を見つけることができたおかげで施設に辿り着いた。というか、このあいだ通れなかった方ではなく適判学校のクラスでやって来たときには今日来た道を施設まで登ったんだった。さっき車で走った道にも落石や道を横断して流れた土砂があった。倒木や折れたカーブミラーも道に転がっていた。所々にひびが入っているとはいえ舗装されている道の真ん中に立ちはだかるみたいに大きな雑草が生えていた。それらの一々に驚いてブレーキを踏んだり、どうにか一人でどかしながら走るうち、なんとなく見覚えのあるような景色——木々の間から見える遠景の居住区や川の形——から段々とバスに揺られて同級生と冗談を言い合いながら窓の外に見た記憶が蘇ってきて、それで確信を深めながら運転を続け最後の坂を登り終えたときに目に入ったのが、この「鉄塔」だった。

青年と会った夜から朝の間、自分がどのようにあの焚火の傍から離れて車に乗り、そして家に辿り着いたのかぼくは何一つ憶えていなかった。実家の部屋のベッドで目覚めたのは夜明けの少し前で、とにかく喉が渇いて仕方なかったから起きあがると激しい頭痛がした。枕元のタンマツには薬を服用したせいだろう、「心拍および脈拍の不審な増加を検出！　現在口にしている飲食物の摂取をすぐにやめて、ガス漏れがしていないか、換気の不十分な場所にいないか確認することをお勧めします」という通知が来ていた。それから水を飲んでは頭の中を駆け巡る鋭い痛みに苦しみつつ徐々に薬を何錠も飲んだこと、警察に職質をくらうと説明の難しい場所に居たこと、そこで青年が何か恐ろしい言葉の連なりを滔々と話していたことなどを思い出した。

恐ろしい言葉、とはいえほとんど忘れてしまっていて、どうにか思い出せたのがかつて適判学校に通っていた時分に行った山の上のドームについて、青年から今現在あれがどうなっているのか見たことないではないかと言われたという記憶で、確かにそうだ、ぼくはあのドームがどうなっているのか知らないんだったとすでに父と母のふたりとも出勤して静かな居間の机から見つけ出した粉末コーヒーをいれて飲みながらぼんやりと考える頃には、錠剤に含まれる成分に由来するらしい頭痛もすっかり消えていて、ふと、これから午前いっぱいをかけてもう一度あのドームに行って見てこようかな？　そして夕方までに家に帰り着けば両親との夕食にも間に合う、そのままリニアに飛び乗ったら今日の夜には東京のマンションに戻ることができるんじゃないだろうか？

そう考えてからは素早かった。車内で食べる物と水を台所から適当に持ってきて急いで車に乗り込んだ。高速道路を移動しながら食事を済ませ、表示された地図を眺めるうち山の脇の道路を迂回するように進むと、以前のとは違う道があることが分かったからそこまで自動運転で向かい――で、昼前に骨組みの前に到着したというわけだった。

車は骨組みの少し手前の原っぱに停めた。かつてバスの駐車場だった場所で、そこから先はあまりに草深くなっているため仕方なく骨組みのところまで草ぼうぼうの中を、虫や鳥、それに足許にいるかもしれない蛇に驚いたり怯えたりしながら歩いてきた。

看板は半分ほどが欠落している。残された部分には色あせた字で「全天候」と大きく書いてあるのが分かった。全天候……型のなんとかパークとか……確か、そんな名前だったような気がするけどはっきりとは思い出せない。でもこの看板をバスの窓からぼくは見たんだった。また、「全天候」という文字の上には小さく、こちらも錆びが水のように滴り茶色に染めて字を隠してしまっているため所々見えないものの「指定□済特□□□□育提携□□」と、どうにか読むことができた。

骨組みの先にドームはあった。草むらを百メートルほど歩いていきながら入り口を探す。ドームはちょっと遠近の感覚に自信がなくなるような大きさで、けれど近づくにつれて円の頂点でも東京でぼくが暮らすマンションの六階ほどの高さしかないことが分かってくる。それでも充分に大きく高いのだろうけど。ドームの壁は半分ほどの高さまでは緑色――おそらく骨組みと同じ色の塗料が塗られていて、それより上は青という具合に分けて彩色されている。

入り口はどこにあるんだろうか？　と、ぼくはようやく目の前まで来ながら辺りを見回した。大きなガラス扉の入り口があったはずなんだけど工事現場で見かける金属製の白い板が壁に沿ってぐるりと設置されていて、どこにも中に入っていけるような隙間が見当たらない。板の一枚には画面が設置されていて近づいてみると「警告　関係者以外立入禁止」という文字が点滅して表示されるものの日差しのためかディスプレイに寿命がきているのか暗く見えづらい。

警告の傍に立ったまま少しの間だけぼくはじっとしていた。もしかすると中に誰か居て、その物音がしないかと思って。これは来るときに少しだけ警戒しまた期待してもいたのだけど施設は未だに営業を続けているか（これはそうじゃないことがはっきりした）、あるいは廃業後に別の用途に転換されて誰かが居るんじゃないかと考えていた。どうやらそのどちらでもなく、ただ蟬と草むらに潜む虫の鳴く声のほか、ここには自分以外に音を立てる者は居ないようだった。

だけどそれにしても、どうしてぼくはドームを見たかったんだろう？　これは今日実家を出発する前から疑問に感じつつ、けれど答えを出さないままやってきていた。そして、その疑問は答えがあっても無くてもどうでもよかった。実際にもう来てしまったわけだし。

と、しばらく歩き続けていったら壁の板が倒れている場所を見つけた。草を踏み分けてそこまで向かう。さて、どうだろうかな。そう思いつつ近づいてみればドアがあった。それも開け放たれていて、そこからは薄暗い室内が覗き、なぜだか逆さまに置かれたソファや壁に沿って四つ五つと積み上げられ、一番下が重さのためにひしゃげた段ボールで一杯の、けれどどうにか通っていくことができる床のあちこちに土埃と枯れた枝と葉っぱが散らばる通路へと、ぼくは足を踏み入れる。

真っ暗な通路の途中にはドアが二つ三つとあって、開いているのを見ればどうやら当時この施設で働いていた従業員用の部屋らしくベッドと机が割合と埃もかぶっていない状態で放置されている。その内の一室に入ってみて机の上に置かれた小さなカレンダーに目をやり、どうやら施設が営業をしていたのはぼくが行った年までだったらしいと気がついた。同級生の誰だったか……そう、就専の同じクラスで卒業後は市の職員に採用されたやつから、そもそもここは特区開設の際に「企業」が教育施設として運営するつもりで建てた、それが国から安く土地を払い下げてもらう条件だったとかで、けれど相次ぐ台風被害の修繕費がかかり過ぎるから結局は開設して十年足らずで放棄されたって聞いたことがあったのをぼくは思い出す。

ぼくが同級生たちと来た翌年から、ここは二十数年のあいだも誰一人立ち入らず放っておかれていたのか。そう思うとなんだか時が止まった場所に来てしまったようで妙な感情が胸に湧くのを感じながらドームの中心部を目指す。

途中に大きな会議室や視聴覚室や食堂、かつて来たさいに利用したのかどうかも憶えていない、やたらと椅子や机が乱雑に放り込まれていたり、どういうわけだか大型トラックのタイヤや土嚢が積まれている部屋を通り過ぎて広い空間に足を踏み入れると立ち止まり、高い吹き抜けの上にガラスのはめ込まれた円状に広がる天井を見上げる。

ドームの中心に辿り着いた。窓ガラスは半分ほど抜け落ちていて埃を被ったガラスのはめ込まれているところよりも何も無い窓枠の方が、青空の色が暗く見えている。この天蓋に空いた穴を通じて外の蟬の声が聞こえていた。

もちろん、ぼくが以前に来たときには窓は全て無事だった。冷房も良く効いていて授業でここに立ち入ったときに同級生たちと一緒になって涼しいことに喜び、また声がよく響くのを面白がった。そう、思い出した。ぼくはここで「天蓋」という言葉を憶えたんだった。もう今ではぼくの方が年上になってしまったけれど、別のクラスの担任だった若い男の教師が生徒たちと一緒にここに入ってきた際に上を見上げながら、「天蓋だ」と誰に向けてでもなく小声で言って、別の教師が彼に向かって何か言ったのかと訊いたのに対し、

「いや、ガラスのおかげで光がよく差し込みますね、ここ」

そう答えたのをぼくは聞いて、若い教師が目を向けた先に広がるガラスの覆いのことを、そう呼ぶのだと知ったんだった。

天蓋の穴もそうだけど何よりも大きく変わっているものといえば、透明の蓋を上に持つこの広い部屋いっぱいに草木が生えていた。床が軟らかくて腐っているのではないかと思われたが、これは以前も同じ感触だったはずで——というのもここで教室の同級生たちと車座になりディベートの授業というものをして、そのときにも床が踏み固められた芝生みたいな材質であったのを憶えていた。おそらく本当に植物を固めて作った床が抜け落ちた窓から入ってくる雨で湿り、飛んできた植物の種を芽吹かせたに違いなかった。部屋いっぱいに草木が、とは言っても外から風も吹かなければ陽の光も一か所からしか差し込まないせいだろう、どれもひょろひょろと細い幹と枝で頼りなく立っている。葉振りも悪く、けれどその割にはどの木々の下にもたくさんの落ち葉が積もっていた。最も強い光が差す、だから暑いことこの上ない部屋の真ん中に行くのを避けてそれとなく木々の方に歩いていくぼくの足許にも、やはり湿気た落ち葉が一面に散らばっていた。

ここでディベートの授業なんてものをしたんだった。ぼくはまた思い出す。ディベートの授業で同級生たちを相手に持論をぶったことがあった――そう、ちょうどあの青年みたいに。

学年の生徒たち全員がこの空間に集められ、それからクラスごとに分かれて輪を作って座らされた。子供たちで出来た輪と輪のあいだを教師が歩き、タンマツで録音と撮影をして回って、そのうちに議論が始まった。そう、今でも思い出せる。ディベートの授業を仕切ることになっていたらしい教師がこう言ったんだった。

「生体贈与、これの解禁について政府とかメディアでね、いろいろと議論になってて、推進しようっていう意見と慎重な意見がありますよって授業で話したよね？ 今日は四年生のみんなでこの制度について、政府で検討されている案を元にして議題を用意しましたから、各クラスの中で賛成と反対に分かれて話し合っていきましょう。よく聞いてください。今すでに安楽死は許可されているよね？ 日本で安楽死をする場合には希望者本人の意思を尊重することがまず大事だね？ 患者本人の同意が一番大事。次にお医者さんの意見、最後に他の二つよりは絶対必要じゃないけれど家族の意見、これら三つが揃っていて、誰も反対しない場合には安楽死が許可される……はい、これがなんなのか分かる人は？ 授業で勉強したよな？」

教師が言うと、やがてどこかのクラスの輪から、

「オランダ・ベルギー方式です」と声がした。

「そう。オランダ・ベルギー方式、これが安楽死の許可に用いられる条件ね。生体贈与はこのオランダ・ベルギー方式とは違った条件で実施できないかって政府が議論しています。

重度不適性者である患者本人が生体贈与を希望した際の意思と同意、これは別に絶対に必要じゃないことにしよう、家族の中で例えばお父さんが希望して、次に専門家が患者の状態を確かめて、許可しますと言った場合については国がその人を専用の施設に収容できる制度にした方がいいのではないか、こういう案が出ているんです。だから今日のディベートの議題は重度不適性者である希望者の同意の撤廃ですからね。これをクラスでぼくは撤廃に反対します、わたしは賛成しますっていう風に分かれて意見をどんどん出してください。ディベートの時間は一時間。じゃあ、はじめてください」

ぼくはほとんど発言しなかった。興味がなかった。重度不適性者っていう人々のことを考えたことがなかったし、それに生まれてから一度も見たことがなかった。意思を表明できない患者なのに「希望」者なのか？　今だったら、そんな何気ない言葉にあらわれた矛盾の形跡にも気づいただろう。けれど、子供だったぼくはそんなことには少しも意識が向かなかった。だから、その人たちを政府がどう扱うのかという議論になぜ自分が関係してくるのか少しも分からないで、ただ同級生たちが手を挙げては立ち上がって、おずおずと命がどうだとか、法律がどうだとか言うのをぼんやりと聞きながら誰が何回発言したのかを勝手に心の中で記録する遊びに興じていた。モッチーは優等生だな、また喋り出した、もう三度目だよ。スギノさんが手を挙げたぞ、だけどあの子の言い方って、なんだか周囲を味方につけようとしている、これだから女子ってやつは。タキザワが二度目か、あいつも真面目な顔が出来るんだな、さっきまでは向かいに座るぼくの変顔に対して似た変顔を返事代わりにしてみせてくれたのに。トノくんは四度目、夏休み明けに東京に引っ越すって言ってたから、もうトノくんとは遊べなくなるのか。

もう一人の女子が話しだした。名前は憶えていない。印象が薄くて教室でもほとんど喋らず、いじめられているってわけじゃなかったけど友達もいない子で後になって二回開かれた同窓会にだって、多分その子は一度も来なかったはずだ。その子は患者本人の同意の撤廃に反対の立場から話したんだった。それがまた――なんて言えばいいんだろう。話し方といい、ひとつの言葉と言葉のあいだに置かれた沈黙や息継ぎの加減といい、話しているあいだ輪の中央をさまよう視線の具合といい、置き所なく片方の腕をさすったり背中に回されたりと、とかくもじもじと定まらないでいる手といい、座っている同級生たち全員が気まずさと苛立ちを覚えないではいられない声と仕草で、彼女は話していたんだった。

話す内容もまずかった。今から思い返してみるとあの子が話しだす前の議論は、同意の正確性や費用の適正な運用だとか、そういった話になっていたはずだった。なのに彼女は、優しさ、手を取り合う、誰でも生きていける社会といった、それこそ誰の耳にも優しく響いて、そしてこの場では空しいだけの言葉を並べるんだった。おまけにどうやら彼女はそもそも重度不適性者を対象にしたこの制度そのものに反対だったようで、その旨を説明しようとしだしたときには教師が中断させて、

「生体贈与は実施されるっていう仮定で話してね？　その先をみんなに考えてほしいから」と言ったのも、きっと同級生たちの心証に不利な印象を与えたに違いなかった。

当然ながら賛成派は彼女の意見に対して猛烈な批判を加えた。モッチーもスギノさんもタキザワもトノくんも――ぼくが名前を憶えていて、それも仲が良かったり密かに好意を抱いていた同級生たちはみんな――賛成派だったわけで話されていることの中身には少しも興味がなかったけれど、友達がそうだったからという理由でぼくも賛成派に立っていた。

で、同級生たちの猛烈な反撃のためにたちまち反対派は追い込まれたように見えた。賛成派はさっそく彼女の言い分を利用することにした、というのは反対派の理屈とはそれまでの同意の正確性や、家族の意向を優先することでかえって行政の手続きが煩雑化して費用が増大するのではという懸念ではなくて、あの子が言っていたようなものだと主張した。反対派の意見はたちまち夢想的なものにすり替えられてしまった。

ぼくは議論が一方の優勢に傾いていく様子を眺めながら、すでに床に座り申し訳なさそうに目を泳がせている女の子の方を見やった。彼女はぼくの方は見なかった。その口が小さく開き、溜息をつくのが見えた。自分の無力なことに心底から落ち込んでいるっていう感じの溜息だった。ぼくは手を挙げて立ち上がり自分は反対派だと表明し、それからは一度も同級生たちの誰とも目を合わせないで話しだした。

ディベートの授業が終わった夕方、ぼくは施設の外にいた。入浴を済ませると——無断外出は禁止だったから——こっそり玄関口から夕涼みに出たんだった。

担任の教師からは褒められた。議論が深まったと言われ、今後は授業でも積極的に手を挙げてほしい、

「ただね、少し感情的に言い返す場面もあったから、そこだけは気をつけてな。相手の意見にも耳を傾けて、そのうえで自分の意見を言うことが大切だから」

そう言われて部屋に戻る途中、同じ班で寝室も一緒だったタキザワと喧嘩になった。賛成派の彼は、ぼくが発言しているあいだで一番の批判の対象だった。そのせいで教師が言うのも仕方ないと言わざるを得ない相手の人格を傷つけてやろうとでもいうような応酬を

重ねてしまった。ぼくも気が収まらなかったが向こうもそうだった。取っ組み合いになりかけたのを他の同級生たちに引き離され、だけどその後も一緒に居たくなかったから夕食までの時間を外で過ごすことにしたんだった。

今ではすっかり草が覆っているのだろうけど施設の入り口とは反対側の丘の上に、ベンチだけ置かれた小さな公園があって何気なくそこに行った。丘の下は崖になっていて公園というよりも手すりで囲まれた展望台といった風で、だから夕暮れの空と遠くの居住区、それに一面の畑を一望できる背もたれのないベンチに座ったぼくは何をするでもなく、足許に転がっている首のない蟬の死骸を靴の先で弄んでいた。そこに、あの同級生の女の子がやってきた。

「ここ涼しいね」

「びっくりした。先生かと思ったじゃん」

とか何とか話したんだった。そう、今よりも平均気温が低く夕方は涼しかった。

彼女はぼくの傍に来るとディベートで向けられていた批判から自分をかばってくれて感謝しているという内容のことを言った。ぼくはまごつきながら返事をした。彼女をかばうために手を挙げ反対意見をまくしたてたのか、果たして自分がそんな健気な考えからしたことだったのか自信がなかったから。だから、

「いやタキザワがさ、調子こいてたから。だから反対って言ってみたかっただけだから」

とか、そういう風にぼくは言ったんだった。

彼女が偶然に外へ出てぼくを見つけたのかそれとも追いかけてきたのか、それは分からない。彼女はまた話しだす。

「でも、聞いていてほっとしたっていうか、わたしのせいで授業がなんか、変な終わり方になっちゃうところだったから、反対してくれて嬉しかったです。でも正直言っていい？　あのときタキザワくんやモチヅキくんが日本で生まれてきたら、その時点で重度不適性者はある程度大きくなったら生体贈与を希望していることにするって、憲法にそう書いたらいいって言ってて……でも、きみはそれに同意していることにするって、同意はその人だけができる権利だから、誰かに勝手に決められちゃいけないって言ったでしょ？　同意をするしないっていう自由がなくなったら、生体贈与の制度だけじゃなくて他の色んな契約とかだって成り立たなくなるって」

「あんまり自分が言ったことを憶えてないんだけど、そう言った気がする」

「うん、言ってた。言ってて……でもね、重度不適性者の人に限っては本人じゃなくて家族が同意したら生体贈与に希望したことにするっていう、今の法案が前提になってるディベートが間違ってると思ってて。先生には止められちゃったけど、やっぱりそう思ったから」

「先生、割って入ってきたもんね。でも、しょうがないんじゃない？　だって生体贈与の制度って、近いうちに法律で決まっちゃうんだよね。だったらディベートの授業だって、それを題材にして話すわけだから何か言ったって仕方なくない？」

そうぼくが言ったのに対して、彼女は遠慮がちに「でも、決まったことだから仕方がないって言っても生体贈与の制度自体が本当は悪いこと、ひどいことなんじゃないかって、わたしはどうしても考えちゃうから。だからそう言おうと思って、途中からディベートの授業なのに、なんだか自分でも分からなくなったんだけど……」と言って——

この同級生は一体、何を言おうとしているんだろう？　と怪訝な顔をしていたに違いないぼくに、彼女は自分には妹が居ること、妹が重度不適性者であることを告げた。

　また、彼女はこうも言ったんだった。父と母の稼ぎでは家計が思わしくないのが一緒に暮らしていると分かるということ、様々なかたちで行政から補助が出ているにしてもどうしても妹の介護にかかる費用が負担になっていること、親戚をはじめ周囲の人々が善意から家計が振るわないのを「解決」する手立てを両親に話しているということ、そして制度が実施されるなら妹を申請するだろう、それが家族が飢えないためには必要なのだから。さもなくば父と母が安楽死を申請することになる、と彼女は言い、

「これって変じゃない？　家族が自分たちを食べ合っているみたいじゃない？　だけど、そうしないと生きていけなくて、暮らしていけなくなったら、ほんとにどうしようって。時々夜中に目を覚ますとね、リビングの灯りが点いてて、机の前でお母さんがずっと俯いて何かの書類を読んでいて……お母さんがそうしてる姿って見たことある？」

「夜中に？　そういうのは……そういうのは見たことない」

「ないでしょ？　そのときのお母さんの顔とか、あと電気の灯りで白っぽく見えてる髪の毛とか、なんだかお婆ちゃんになったみたいで、すごく怖くて、でも、きっとすごく悩んでるから声をかけちゃいけないって分かるから、そう……だからね、どうしたら暮らしていけるのかって悩んでいるときに、こういう制度を利用してみるのはどうですか？　家計を楽にしたければ重度不適性者の子供さんを差し出しませんかって国が言ってきて、それでお母さんやお父さんが分かりましたって答えたとしても、それ、わたしは同意なんかじゃないんだと思う。妹はもちろん同意なんかできないし、どうしようもできなくなった親

に提案しなくちゃいけないことって、安楽死や生体贈与じゃないと思って。だから、そう言おうと思ったけど授業だからね、止められちゃった」

ぼくは何も言葉を返せなかったはずだ。彼女が言ったことの中には理屈以上の、そう、なんていうか響きがあった。ましてガキだったんだ。およそ生まれてはじめて真摯な告白ってやつを聞いたぼくは女の子の話し声が嗚咽に変わるのではないか、そうなったら自分も居たたまれないという具合に動揺しつつ黙り込んでいて――それで、この後は記憶にない。部屋に戻って晩にタキザワと冗談を言い合っていたことは憶えているけどその前後、特にどうやって高台の公園からドームに戻ったのか、それからあの子とはもう一度話す機会があったのかどうかも忘れてしまっている。

そう、忘れてしまっているということをぼくは思い出した。で、ちょっと奇妙なことではあるけれど何かを忘れている、それを思い出さなければならないが一体なんだったのか？　という疑問が不意に頭に浮かび、確かに浮かんだ瞬間までは女の子に関することだったのだけど記憶に突っ込んだ手はまるで別の事柄を引き上げてきてぼくの目の前に差し出した。それは昨日の公園で青年が言っていたことだった。青年は重度不適性者を殺さなければならないと言い、その方法がナイフでは難しいが、でもなんとかなると言っていた。

ぼくは気が付く。気が付いた途端に天蓋の頂点から光の差しこむ森の中も同級生と交わした会話も何もかもが消え去った。落ち葉や枯れ枝に足を取られながらぼくは慌てて車に戻る。銃の紛失時の状況を偽装し結託した職員から見返りにポイントを受け取った、これだけでも露見すると解雇は免れない。だがそれでも蓄えているポイントや情報バンクにさほどの傷はつかない。けれども大量殺人が起きてしまい、凶器の出どころを捜す警察がぼくに目星を付けたら？

　ぼくは一度も犯罪をおかしたことはない。だけどまずいことになるのは理解できる、たとえ青年とは無関係だったと判明しても銃の管理不徹底の責任のありたけがぼくを見舞うことになるだろうから。なんとか自分に迫ろうとしている破滅を回避しなければならない。ぼくはというかぼくの足はドームに向かったのと同じように暗い室内や通路を途中で何度も転びそうになりつつ光の差す出口まで一散に駆け続ける。ぼくは確信した。彼がドローンから銃を盗んだに違いない。彼は銃を持って特区の施設で計画していたことを果たすつもりなんだ――破滅を回避しなければ。けれど、どうやって？


　どうやっても糞もない。青年が見つからない以上はとても回避できやしないんだ。それに会ったところで向こうは本気で社会を変えるんだと信じ込んでいる。何よりも手に銃を持っているときた。

　蔦と葉と雑草の生い茂る中を突っ切って車に戻ってきたぼくはそう思い至って途方に暮れた。エンジンをかけハンドルを握って走り出したそばから、

「三十六時間以上、位置情報が不明になっています。行動履歴をあなたの情報バンクと同期する、に同意をして、すぐにアップデートを開始してください」とナビゲーションが話しかけてきたのに、

「同意しない。ライトを点けて」

　そう答えて、曲がりくねった岩と倒木と雑草だらけの、おまけに左右に生える木々の枝が空を覆うせいで太陽が真上にあった往路と比べてひどく暗い道を下っていく。

「ヘッドライト、を夜間モ……三十六時間以上、位置情報が不明になっています。行動履歴をあなたの情報バンクと同期する、に同意をして、すぐにアップデートを開始してください」

「同意しない」と言っているのにナビゲーションは繰り返し、

「三十六時間以上、位置情報が不明になっています。行動履歴をあなたの情報バンクと同期する、に同意をして、すぐにアップデートを開始してください」と喋るのをやめないものだからもし同意をしないと車のエンジンを自動で切ってしまうんじゃないかと不安になったけれど、フロントガラスの下に警告する文字が出るだけで何も起こらないと分かって無視することにしたぼくは——そうだ。警察に通報するのはどうだろう？　男が銃で大量殺人を目論んでいます、犯行の時期がいつかは分かりませんが福岡の特区内に建つギフトライフ制度に関係した施設で実行すると話していました、とぼくはタンマツから通報した警察に向かって自分が言うであろう内容を思い浮かべだす。銃ですか？　銃を所持していると男が言っていましたか？　見ましたか？　とかなんとか相手の警察官は訊いてくるだろう。はい、いや現物を見たわけではないんですけど、口ぶりから確かに男は銃を所持しているはずです。とにかく特区周辺の、特にギフトライフ制度の施設近辺の巡回をお願いします、とぼくは焦りつつ答えるはずだ。それに対して警察官はええと、銃を持っていると話している男に会ったんですね？　失礼ですがお知り合いで？　ああ違うんですね、ええと男は特区の施設ですか？　特区って、工業指定区域のもっと先の？　ああ「企業」の方ですね、そこで人をね、銃を使って、ええと殺人を計画しているって話したんですね？　時期はいつか分からないんですね？　そうなるとなあ、と——想像の中であるにもかかわらず――何やら渋るような言い方をするものだから、そうだ、ええとですねとぼくは慌てて付け加えて言う、男は配送業に従事していると言っていて、そうです、特区の施設にも物を運んでいるって言ってましたから「企業」が委託している業者の中で特区の方面の配送を担当しているドライバーを捜せば、きっとその男が見つかるはずです。で、家を、そう、寮に住んでいるって言ってました、寮の部屋を捜せばきっと銃が見つかりますから！

申し訳ございません、居住区外から発信された通話への対応、は只今サービスを休止しています。引き続き通話、をご希望の方に事件事故の両方、に対処できるドローンの緊急出動、をご案内いたしております。事件事故、その他安全に関するご相談、はドローンの内蔵カメラ、を利用して最寄りの警察署職員と通話すること、ができます。ドローンの出動をご希望の場合、お客様がご負担いただくポイントは十五分ごとに

……

――意を決し警察に通報するようナビゲーションに頼み、車内のスピーカーから聞こえてきたのがこれだった。ポイントを支払えばドローンを寄越してくれるって言うけれどこれが高額なもので、それにどうせ引き受けてはくれないだろう。居住不能地区からの通報にはろくに窓口も開放していないのだ。大枚をはたいて呼びつけたドローンのカメラとマイクに向かって話したところで、こちらの方であなたの言った男が居住区に住民登録しているか調べてみますんでとか言われて終わることは明らかだ。

　あのあばら家の老人が言っていた通り警察はこの辺には来てくれないみたいだ。ぼくは

車の速度を緩めながら考え続ける。片側の山から侵食してきた笹や雑草が道を覆い、おまけに急斜面の崖に面した反対側は崩れてガードレールもない、上ってきた際にもひやひやしながら通り過ぎた場所に来たからで、車体と窓を草と枝葉がひっきりなしに擦っていく音を聞きながら、そうだ。

施設のあの職員に会って銃の紛失届に関する取り決めは一切なかったことにしてくれ、ポイントは返す、あんたの責任にもしない、話がとてもややこしくなった、あんたや施設の中の重度不適性者の命が危ないんだ、銃は見つかった、ある男に盗まれていたんだと正直に話すことにしてはどうだろう？　そのうえで盗んだ男を知っているから特区内の警備に施設の周辺を巡回するよう言ってくれ、それか特区を運営しているのが「企業」なんだから、ぼくのような市民の通報なんかよりも確実に警察が来てくれるはずだからなんとかして銃を持っていった男を捕まえるよう頼んでくれ、そうしないともっと恐ろしいことが起こるんだ。

どうにか草で覆われた道を抜け、また速度を上げながらそう職員の男を相手に言っている自分を想像してぼくは思わず、気持ちは焦っているというのに不意に吹き出してしまう。信じてくれるはずがない。職員は青年ではなく一昨日とはまるで様子が違ってしまったぼくを恐れて通報しかねない。あるいはポイントをもっと寄越せとたかりに来たんじゃないかと疑われてどちらにせよ信じてはくれないだろう。

それじゃどうする？　会社に言ってみる？　でも所長だって警察に通報しろとしか言わないはずだ。また途方に暮れ、自分が何をやっているのか分からなくなってくる。その時ぼくは再び思い出す。青年がドームに向かうためにこの山をうろついていたと言っていたことを。老人が銃弾の予備を盗まれたと言っていたことを。またも気が付いた。青年は老人のあばら家から弾を盗んだんだ、彼は銃しか持っていなかった、だから弾をあばら家で手に入れたはずなんだ！

だから？　それが分かったところでいよいよ青年は本当に人を殺すことができるって分かっただけじゃないか？　と思い、どうしようもなくなったぼくは自分でも何故なのか分からないけれどいつのまにか老人の住処に向かって車を走らせていた。

何故なのか本当に分からない。でもおそらく進退窮まっていたからで、誰でもいいから自分の置かれた状況を話してそこから抜け出るための知恵を授けてほしいと思っていたんだろう。

以前と同じ場所に車を停め、あばら家の中に居るであろう老人に来訪を知らせるべく足許に生える草や湿った落ち葉をわざと蹴散らすようにしてぼくは歩く。また戸の前に立ったときには、

「ごめんください。こないだはありがとうございます。あの日はなんとか宿泊施設に辿り着くことができました」と、ぼくが声を出して呼ばわるのもひとえに再び頭に一撃を見舞われることを避けたいからだった。

返事はなかった。畑があるとか言っていたから出かけているのかもしれない。あるいはやはり前とおなじく戸口の片隅に隠れ、両手に持ち振り上げた銃をまっすぐ振り下ろすことに集中していてぼくの声が聞こえていないのかもしれない。で、ぼくは戸を開けて中に入っていくのを躊躇ったまま家の中の物音を聞こうと耳を澄ませる。そうしてあのラジオの流す音を耳にして、たしかに老人が中に居ると知った。

「ごめんください。前に猪肉のスープをご馳走になった者ですけど、居ますか？」

もう一度声をかけるとぼくは意を決し戸を開けてすかさず前に老人の隠れていた壁際に目をやり、そこに銃を振り上げた人影ではなく埃か煤で茶色になってしまった壁を見出して安堵する。それから居間に敷かれた蒲団が膨らんでいるのを見てまた声を、それも今度はさっきよりも確信を深めて、

「ちゃんと御在宅だったんですね！　いや、また殴られるんじゃないかってびくびくしましたよ」と声を出すと、

「ああ、鍵をかけてなかったか！　勝手に入ってくるやつばっかりで寝てられない」

そう不機嫌な声を発し、室内帽のつもりらしい薄汚れた毛糸の丸帽子をかぶった頭が蒲団越しにこちらに向けられたのが見えた。

「お休み中だったのにすみません。それとも、あれですか？　どこか具合が悪いんでしょうか」

「さっきは鼬が入ってきて、逃げ回るのを外に追い出すのに苦労してたっていうのに」

「鍵はかかってませんでした。また勝手に入ってきちゃいまして申し訳なかったです」

「悪いよ」

「はい。え、何がですか？」

「具合。昨日から吐き気がしてて、起き上がるのもしんどいんですよ」と言いながら横たえていた蒲団から老人は半身を起こし、戸口から土間の真ん中まで進み寄ってきていたぼくをまるでその視線でもって追い払おうとするみたいに睨みつける。でもそうじゃなく老人はぼくの後ろにある流し台を見たものだったらしく、そろそろと蒲団から出した腕を伸

ばして、

「あのねえ、お鍋が蓋して置いてあるでしょ？　その中は水なんだけどコップに汲んで、どれでもいいから汚れてないコップでさ、汲んで持ってきてくれませんか？」と言うから水を注いだコップを持って部屋に上がり、待ち構える老人に差し出すと、

「ここも水が出なくなったみたいで、だから、もう一軒の家まで鍋を持って汲んでこなくちゃいけなくなって大変だった」

「え？　それじゃ、とうとう『企業』が気づいたんじゃないですか。この辺の水道が使用されていることを」

「いや、すぐ向こうの家の蛇口は出るんです。あんたが初めに来たときより前から、どうもこの家の方は水の出が悪かったんだよ。いよいよ水道管が壊れたのかもしれませんね」

「なるほど。じゃあ水が出るほうのお家に移ったらどうです？」

「あっちの蒲団は黴臭いんですよ。だから、蒲団を持って行こうとしたけど、具合が悪くて抱えられませんでね、持ち上げた途端にどうにも辛抱できなくなって、すぐトイレに向かったから良かったけど、あやうく胃液を床にぶちまけるところだった……なんであんたは来たの？　特区で働くことにでもなったんですか？」と言われて世間話や体調のすぐれない老人を見舞うためにやって来たのではなかったことを思い出したぼくは、

「そうだ。いや、面倒な……とても面倒なことが降りかかってきたんです」

そう言って部屋の隅にあった薄汚れた安楽椅子に腰を下ろすと、水を飲み終えてまた横になった老人を見下ろしながら慌てて事情を説明しだす。

話を聞いているあいだも、また聞き終えてからも老人は一言も口を挟まずにいた。ただ時々咳払いと気づかわしげに西日の差しこむ戸口に目をやっては身を包んだ蒲団に視線を戻した。しばらく沈黙があってから、

「話はおしまい？」と老人は言った。

「ええ。分かりにくかったですか？」

「いや、とても分かりやすかったですよ。時系列も整理されていて、何よりこの家に置いてあった予備の銃弾をその青年が持っていった目的も分かったし、わたしとしても胸のつかえが取れた気分だから」

「そうでした、銃弾はあなたの持ち物だったわけですからね……そう、だから、話に出てきた青年は実行できるってわけなんです。ぼくには理解できない世界観に従って、車を停めた場所から見えている畑の中の重度不適性者の施設に忍び込んで、それで収容されたザイコを皆殺しにするつもりなんですよ」

「うん、それは聞いた。どう思うの？」

「それはもちろん大変なことですよ！　大事件だし、捕まったら青年は終身刑でしょう、まあ、どうせ国に申し立てて安楽死の許可を勝ち取ることになるんでしょうが、とにかく死ぬまで刑務所暮らしなのは確実でしょうね」とぼくが言うと、

「いや、そうじゃなくて。わたしは話を聞きながら考えていたんだけどね、あんたは青年がやろうとしていることをどう思っているのか気になってるんです」

「どうって、異常です。犯罪行為だから賛成できない。そのうえ殺人ですからね、輪をかけて反対です。だけど、ぼくがどう思っているのかって言われても、正直言って理解が追

い付いてないんです。それに、事は確実に起きようとしているんですから、今はどう思うかっていうより、どう対策すべきかを訊きたくて……」

「それは警察の仕事でしょ？　相手が銃をもっているんだから。民間人の手に負える話じゃないですよ」

「ええ、だけど警察は……」

「特区には来るわけないってね？　そうだけど、わたしが何をできるって言うの？」

「確かに、そうなんですけど、ぼくも混乱してて。何か、アドバイスが貰えればって思っただけで、手助けをお願いするわけじゃないんですよ」

「アドバイス？　そう、わたし自身についてのことだったら、まだ具合は悪いけどこのあばら家を捨てて逃げますね。青年が事件を起こしたら、さすがの警察だって捜査するはずですからね。それで青年が捕まってごらんなさい。弾の出どころを話すだろうから、警察はここにもやって来ることになる。だから、さっさとわたしは遠くに逃げる……これがわたしの言えることだけど、あんたに対しても同じですよ。厄介ごとに巻き込まれたくないんだったら逃げるしかない」

「だけど、それじゃ困るんです。青年が持っている銃はぼくの勤め先の物なんですから。弾だってそうですし。そうすると警察としては、これらの凶器を積んだドローンはどこの会社の所有物で、責任者は誰かっていう話になってくるじゃないですか」

「特区に貸してるドローンなんでしょ？　知らぬ存ぜぬを通せばいいじゃない」

「それができないから困ってます。きっと、ぼくのせいにされるんです。根拠っていうのはないけど、でも会社ってそういうもんでしょ？　一番押し付けやすい人間に一番重たい荷物が回ってくるんですよ」

「大丈夫。きっと何なりと上手くいきますよ」と、老人がまるで簡単なことみたいに言うから、

「いかないですよ。社会は……こういうとあの青年みたいな口ぶりで嫌になるけど、現代の社会は一つでも間違っちゃいけない。間違ったとしても、上手く乗り切らなきゃいけない、ミスは許されないんです。少しでも逸脱しかけたらすぐに方向転換する適性と体力が備わっていないと。ぼくは自分だってそうできるつもりでしたけど今回は駄目です。どうやったって回避できない事態に巻き込まれちゃった」と言うと、老人は不意に、

「そうだ。あんたは、あの施設に行ったし、畑も見回してみたんですよね？」

「ええ。見るっていうか、だって、この家の外の車を停めてある場所から一望できるじゃないですか？　だから全体を広く見たつもりですけど」

「あの特区の畑では外国人労働者たちが働いてるって知ってた？　アジア各国の刑務所に入っていた人々をね、『企業』の海外法人がそれらの国と提携して日本で農作業に従事する代わりに、出所後にも在留して働くことができるって言って呼び集めてるんです。実際には在留許可がおりることはほとんどないみたいだけど。その姿は見た？」

「働いてたのは外国人なんですか？　へえ。いや、知りませんでしたし、見てもいません」と、訊かれたから答えると、また老人は言う。

「青年と公園に行ったって言ってたよね？　そこにも外国人労働者たちが居たんでしょ？どんな人たちだった？」

「え？　いや、酔ってたのもあったし、それに……焚火の光が眩しくて、よく覚えていな

いんです」

「そもそも外国人は見たことが？」

「それはあります。同僚に中国人が居ましたから」

「そう。不適性者……わたしが子供の頃には、まだショウガイシャという言葉が残ってたものだけどね、あんた不適性者を見たことはありますか？」

「いや、ないですね。すみません、何を知りたいんですか？」

「街中でも？」

「ええ。あ、いや義足の人は見たことがありますよ、スポーツ選手だったのかな、すっごく速いんですよ、公園で妻と子供と歩いてたらすれ違ったことがありました」

「寝たきりのひとは？」

「いや、そういうザイコを見たことはありません。そういうのが送られる施設にも行ったことはこれまでなかったし、そもそも寝たきりの人はほとんどが現代は、ほら、それこそ生体贈与か安楽死のどちらかを申請しますから」

「やっぱり大丈夫。あなたはちゃんと問題なく出張を終えて家に帰ることができますよ。逸脱しなかった日々に戻ることができて、妻や子供と楽しいかどうかは知らないけど、とにかく普通の暮らしを送れるんじゃない？」

　ぼくは思わず笑いながら、

「今の質問は占いか精神分析ですか？　近く起こる殺人事件と、ぼくが外国人や重度不適性者を見たことがあるかどうかは何の関係もないですよ」と言うのを、老人は聞いてなかったみたいに、

「そういえば話していて思い出したけど、青年と公園に行って落ち合った外国人労働者たちって暗号を駆使してトークなんとかを使ってたんでしょ？　今タンマツを使って探してみたら？　そこに青年が参加してるかもしれませんよ」

「え？　でも、いつも参加してるかどうかは分からないから……」

「だとしても、外国人たちに青年について何か知らないか尋ねるだけでも、何か情報が得られるかもしれないでしょ？」

　そう老人が話すのを聞くうちそれはそうだ、確かに良いかもしれないとぼくは思った。あの青年は外国人労働者たちにも計画を伝えてあるかもしれない、決行する具体的な日が分かるかもしれないぞ、それにもし今夜も公園に集まってるんだとすれば、それこそ集会場所は居住区内なんだから警察を呼べばいい。銃を持っていなくたって錠剤の所持でしょっ引いてくれるはず。

　ぼくは首から下げたタンマツを手にすると部屋の片隅にいざり寄った。そして暗い壁に向かって画面を投影させる――と、両親から何件も連絡が入っている。それから妻からも映像が送られてきているから開いてみれば、額に熱をさます充電式の水冷ギアをかぶり力なくソファにもたれて、いかにも病気でぐったりとしてますっていう寝間着姿の子供が現れた。でもすぐに切り替わって相変わらず寝間着姿の、けれどおどけた姿勢をとった子供がこちらに笑顔を向け、その大きく開けた口は「もう治ったよ！」と言っているのがスピーカーを切っているけど分かり、そこに長女が笑顔を見せながら映り込んでくるとおどけたポーズの維持に努めているらしい息子の腰に組み付き、最後の二秒間でふたりが笑みでくしゃくしゃになった顔のままソファに倒れ込んでいく。

ほお笑ましい家族の消息を伝える映像だ。でも、晩飯を食べにいくんだから帰ってこいってかけてきたに違いない両親からの催促も妻からの連絡も今は邪魔なんだ。ぼくはどちらにも返事をせずトークルームを検索する。ルームタイトルが地名で、なるべくめちゃくちゃなテーマ設定のものを探し、それらしいチャンネルに片っぱしから参加して歓談中の家族やセミナーを開いているらしい者たちと居合わせては、入る場所を間違えたことを――舌打ちを返事代わりにもらいつつ――詫び、その繰り返しに疲れだしてきながら検索して出てきた七つめのコミュニティのテーマ設定が、吹奏楽、中古車、畜産、アンティークで、ルームタイトルには「牛久」とある。青年は言っていた、外国人にとってピンとくる地名だって――そうだ。

マイクとスピーカーを起動させ「トークルームに参加中です」と表示された画面を見ると日暮れの砂浜を背景に複数のアバターが立っていたり長椅子に寝そべっていたりする仮想空間が映っている。アバターは動物もいれば映画の俳優にそっくりな美男美女もいて、かと思えばごく普通の、と言ったら失礼だけど、おそらく東南アジア系かと思われる顔立ちの男女もいるけれど果たしてそれが参加する当人の顔に似せて作成されたものかは分からない。ぼくはそこに音声だけのゲストとして入る。アバターたちの前にそれとなく置かれた古い型のテレビに新しく入ったゲストの情報が映し出されるようで、それまで声を出して笑っていた男の俳優のアバターが不意に真剣な表情になって黙り込んでしまった。ぼくは老人の方を一度振り返り、それから、

「こんにちは。ぼく、ええとわたし、は怪しい者じゃないです。昨日、夜に居住区と工場地帯の間にある公園、ね？　あそこに、日本人の若者と一緒にいた日本人です。覚えてま

すか？」と言ったけれど、誰も話そうとしない。だから、

「ぼく、昨日いました。このトークルームの中に、その日いた人は居ますか？　あの若い日本人の男のことを教えて欲しいんです」

そう言って、少し考えて、

「ぼく、あの日本人の青年に会う約束があるんです。でも、連絡先、アドレス……ええと、会う方法を伝える前に別れてしまいました。あなた方が公園でお酒を飲む、楽しむこと、は知っています。彼もそこに来ることを知っています。だから、もし皆さんの中で、あの若者の居場所を知っている方がいれば、教えてくれませんか？」

また沈黙かな？　それともトークルームから追い出されるかなと思っていると、

「あの若い薬漬けの日本人の友達？」と小さな熊が女の声で話しだし、隣に居るアニメみたいなデザインの顔が付いた飛行機のアバターが忍び笑いを洩らしたから、

「そう！　友達です。でも知り合ったばかり。彼は今夜にでも公園に来ますか？」と反応があったのを喜びつつ言うと、さっき黙り込んだ男の俳優が、

「今夜は集まらないよ。あの若者のことは皆も知らない。勝手に来るから、いつも迷惑してます。あなた、友達だったら言ってよ。もう公園に来ないように言って」

「分かりました。言います。だけど、連絡先を知らないんです。彼が、何か近いうちに、ええと、数日後に何かするって言っていませんでした？」

「あなたが帰ってから言ってたよ。明日、今日じゃなくて明日の朝早くにやらないといけない仕事があるって、とても辛い仕事。だからもう会えないかもしれないけど、皆のことを忘れませんって言ってた」

と答えると今度は女の俳優が、

「忘れていいからもう来ないでねって言えばよかったんだよ」

そう言った途端に数人の笑い声がしアバター全員の顔が笑顔になったのを見届けたぼくは、

「明日の朝ですね？　分かりました。ありがとう！」と言って通話を切り、

「やっぱり、仕事って施設でザイコを殺すってことですよね、話の内容的に」

老人の横たわる蒲団の方に身体を向けて言うと、

「さっきからザイコって言ってますね」と老人は言い、それから、

「まあ、いいけど。さっき、あんたは大丈夫だってわたしが言ったのは根拠があるんです。見えない人々を見ることができないあんたは逸脱しない。というより、逸脱できないんです。だから、どうしたって元の生活に戻っていくんだ」

「そうだったら良いんだけど、でも瀬戸際ですよ」

「大丈夫。あんたは何も見ることはできない、聞くこともできない。目の前のわたしさえも見ていないし言葉を聞いてもいない。なぜなら見ることも聞くことも、みんな『企業』が代わりにやってくれる、あんたはそれに同意の返事をするだけでよく、自分じゃ上手くやってるつもりかもしれないけど、残念でしたね、その同意さえも本当のあんたの意思じゃないことに気づかないでいる」

「悪いですか？」

「悪いよ。青年がやろうとしていることよりずっと悪い。あんたが返事をするたびに人が同意ひとつで殺される社会がどんどん堅固なものになっていく。だけど、それが悪いって

いうことも自覚できないだろうから、やっぱり大丈夫です」

またただ。前に来たときと同じで老人は薄い皺だらけの唇を小さく震わせて、よく分からないことを喋り出している。だから、

「ところで、逃げるってどこに逃げるつもりなんですか？　ぼくと違ってあなたは立派な逸脱者なんですから司法の手から逃れるつもりなんですよね。前におっしゃってた佐賀の方にあるとかいう家ですか？」と話を別の方に向けるべく言うと、

「まあ、そこでもいいし、いよいよこの歳になって一人で生きていくのも飽きてきてるから、いっそのこともっと山奥に行って、隠れ里を目指すのもいいかもしれない」

「隠れ里？　家じゃなくて集落みたいなものがあるんですか？」

「あるかもしれないし、ないかもしれない。でも、山の奥にわたし以外にも人がいることは分かってるんです。時々、山頂から吹いてくる風に煙の臭いが混じっていることがありますから」

「あなたみたいな人が、集団で住む場所があるってことですか？」

都市伝説みたいですね、とぼくは言おうと口元に笑みを浮かべかけたら、

「信じてないでしょ？　でもね、わたしの持っている銃は、そもそも特区の農場から逃げてきた外国人が持っていたものだったんです。農場で働くラオス人だって言ってた……わたしもあんまり英語できないけど、だいたいね、そんなことを互いに片言の英語で会話して教えてもらって」

「あそこの畑で働いてたんですか？　そのラオス人はどうして逃げたんですか？」

「嫌だったんじゃない？　それとも、刑期を終えても在留申請が通らないって知って、で

も帰国は避けたいとか、どんな理由かは知りませんけど。だいたい、年に何人かは逃げだすんですよ、畑から。だけど、ほとんどはドローンに見つかって撃たれて」と言うから、

「人ですよね？　あのドローンが人間を撃つって言うんですか？　銃は害獣を追い払うために搭載されてるんですよ。人間だったらカメラが認識するはずですから、発砲なんて……」

「この目で見てるんですけどね。畑の道を走ってる人間の上をドローンが飛んできて、すぐにパンとかポンとかって、そんな音がする。そうするとしばらくして特区のロゴが入った車がやってきて倒れた人間を乗せてどこかに、まあさすがに殺しはしないだろうから治療する場所に連れていくんだろうけど、そう。ぐったりしてるのを抱えて車に乗せていくのをわたしは何度も見てんですよ」

「撃たれた人が死んでないとして、それじゃ、強制帰国とかですか？」

「知らない。でも、農場には戻ってこないでしょうね。何人も逃げて、ほとんどが撃たれるか、その前に捕まって。だけど、さっきのラオス人みたいに運良く山にまで辿り着く人も居る。そうすると特区はほら、『企業』だからね。面倒だから国にも伝えずに放っておくんだろう。居住不能地区に逃げたって生きていけないから、じきに死ぬだろうって思ってるんじゃないですか？」

「もしかして……逃げおおせたラオス人から、あなたは銃を貰ったんですか」

「ええ。天気が悪かったんですよ」

「天気？　ラオス人が逃げてきた日の天気ですか？」

「ええ。雨雲で空が急に真っ暗になったと思ったら、雷がそこら中、畑の上を転げまわる

みたいにどんどん落ちて、で、その後にすごい大雨で。でね、雷が落ちる日っていうのは、決まってドローンの動きがおかしくなるんですよ。こないだの時だってそうだった。雷がごろごろ鳴ってたと思ったらドローンがふらふら浮いてたから、当たるまいと思って撃ったらプロペラに当たったみたいで、それで施設に落っこちたんです、山の方に落ちてくれたらすぐに銃の弾を手に入れることができて、あんたを呼び寄せちゃうこともなかったのに……なんの話してたか、そうだ、あの日も普段と違う場所を飛んでて、妙に低い所を蚊みたいにふらふら飛んでるなって思ってたら……」

「ええと、去年の話ですよね。その後にドローンが落ちたんですね？」

「もちろん去年の話。落ちたんでしょうね、でもわたしは見てないから。その後に土砂降りの雨の中を家に入ってきたのが、さっきのラオス人です。彼の手にはドローンに付いてる銃が握られてあったから、何か木にでも引っかかって落ちたのを、ちょうど逃げ出したラオス人が役に立つかもって思って持ってきたってわけですよ」

「それで、泊めてあげた？」

「そう。逃げてきて、なんだ年寄りかって向こうは安心したんじゃないですか？　泊めてくれ、休ませてくれってジェスチャーでこうね、身振り手振りで言うのを、分かった分かったって粥を作ったりお湯沸かしたりしてやりまして。数日、一週間は居なかったけど数日彼はここで寝起きして……そのあいだに色々と話しましたよ。あんた一人か、この辺りに警察は来ないか、街にはどうやったら行けるかって訊かれて、こっちは答えるわけですよ。で、彼の方はずっと銃をいじっててね。どこかから木片や鉄の小さな板なんかを見つけ出してきて。ある日、これで撃てる、と言う。元はほら、ドローンに付いていたからね、手に持って使う銃じゃないから引き金といったものが見当たらないでしょ？　でもやっと改造できたって。これで普通の銃と同様に使うことができる、逃げるときに持ってきたが、泊めてくれたお礼にあなたの元に置いていく、警察や動物に襲われたら使うと良い、宿賃代わりだって言って。それでわたしは護身用に鉈をあげてね……なんてことがあったから、そこの銃が手元にあるんですよ」

「そのラオス人は街に行ったってことはないですか？」

「行ったかもしれないし、行く途中で野犬なんかに襲われて死んだかもしれない。だから確実じゃないけど、煮炊きする煙の臭いがするのは確かってこと。何人も特区に連れ戻されるけど一年に一人か二人は山奥まで辿り着いて、だんだんと人が増えていって、家や畑をこしらえた村があるんだと思ったら、なんだかいいじゃないですか。そこにわたしが行ってね、彼が生きてたら久しぶりだねって、ここで死なせてくれって頼んでみようかねって思ったらね、いいじゃないですか」

「ないかもしれないじゃないですか。村なんて規模の場所、飛行機やドローンが見つけるはずですし、『企業』や警察もさすがに放っておかないでしょう」

そうぼくは言った。言ってからどうして年寄りの空想を奪い取るようなひどいことを言ってしまったのかと考えたけどすぐに気がついた。というか思い出した、今の自分にとって老人の最期の過ごし方はどうでもいいってことに。

それよりもやらなければならないのは青年の決行を待つだけになっている犯罪と、自分の消え去りつつある安寧との間に不本意ながら生まれてしまった関わりを断つことなんだ。

目が覚める。寝返り一つ打てなかったものだから腰が痛い。シートを起こす。タンマツを見ると朝の六時だった。

話し疲れて具合がますます悪くなってきたと老人が言うのを、ええ、どうぞぐっすり寝てください、ぼくは車で寝ます、それで朝早くに施設に向かいます、警察か、それとも特区の警備員にでも伝えるほかに青年を止める方法は思いつかないけど、とにかく何か策がないか考えたいし、山を下れば施設に駆けつけることもできるから——と言って夕方にあばら家を後にしたんだった。土間に降り、戸口へと歩いていくさい、そっとぼくは隅に立て掛けられた銃を確認していた。老人が動かしてなければまだあそこにあるはずだった。

それにしても眩しい。遠くの山から顔を出した朝日の強い光が、まともに車内に注ぎ込んできていた。眩しく、いかにも朝だっていう感じで、けれど同時に曇ってもいるから不思議だった。分厚い雲が空一面を覆っていて太陽はそのはるか下から昇り出したばかりで、やがては雲の中に隠れてしまうだろうと思われた。雨が降るんだろうか？　と思いながら車のドアを開けて外に出ると、むっとした湿気の中に草の匂いが鼻をついた。やっぱり雨か、そうか、雨かあとつぶやきながら老人に訪れを告げようとした昨日とは違って決して音を立てないよう、それこそ足許の草の一本でも、落ち葉の一枚でも踏まないように気をつけながら湿り気を含んだ風の吹く音のほかには静まりかえった中を、ぼくはあばら家に向けて歩き出す。

昨日の夕方に老人の元を辞してから、ぼくは車を置いた原っぱにはまっすぐ向かわないで、日没の真っ赤な光に覆われたあばら家の周囲を歩き回った。そして、まさしく銃が立て掛けられてある片隅に裏口の戸があるのを知った。戸は木製で、見たところ鍵穴もなく、おまけに閉めようとしても閉まりきらないようで下にコンクリートブロックが置かれ外に向かって開かないよう押さえてあるようだった。

　動物が入ってきてどうのと言っていたから、おそらく入り口はさすがに老人が錠を下ろしているに違いない。ぼくはそろそろとあばら家の横手の草むらを通り抜けて行き、昨日のうちに見つけておいた裏口に辿り着く。

　ブロックをどかして、どうか軋まないでくれと念じながら埃と灯油のような臭いのする戸に手をかけると、心持ち身を屈めた格好で開ける。軋むなと言ってもやはり軋んだのと、思いのほか戸に近く立て掛けてあった銃が足許に向かって倒れ込んできたのは一瞬の出来事で、表の戸口と、それから縁側の窓から居間の床に向かって朝日が差し込み、真っ白に照らされた蒲団の膨らみが動き出したのも、「今度は猿か狸か……」と老人の、本当に老人にしか出せない、喉元の皺の震えるのが見えるような低い声がしたのもほとんど同時のことで、ぼくはまず何をするべきか逡巡しつつ、とはいえまさか挨拶をするわけにもいかないのは分かっていたから、音を立てるのも構わず足許に転がる銃に腕を伸ばした。

　車までは一目散に走る。立ち眩みがした。逃げる途中あばら家のすぐ傍に生える細い木の幹に銃身を思い切りぶつけてしまい、暴発するんじゃないかと肝を冷やしたのもあって、しばらく呼吸を整えるため車のボンネットに手を置いた格好で居て、それから後ろを振り向いた。

　老人は追ってこない。

　車に乗り込んでエンジンをかける。

「おはようご……四十八時間以上、位置情報が不明になっています。行動履歴をあなたの情報バンクと同期する、に同意をして、すぐにアップデートを開始してください」

「おはよう。同意しない」

　ぼくまで老人みたいな低い声でつぶやき草むらから車を道に出す。それまでフロントガラス一杯に広がっていた景色に暗い木々が覆い被さり、何も言わないのにライトが前方を照らす。

　昨夜はほとんど眠らず、いや二時間ばかりうとうとはしていた。でも目をつぶる前も後もずっとぼくは車中で計画を立てていた。まず特区に向かって施設にいるあの職員と接触する。職員がまだ出勤していないとか、あるいは当直でないため今日はそもそも出勤してこない――一人きりで働いているんだとすれば、いったいその間に生体贈与者はどうなっているのか知らないけれど――とかであれば警備を担当する部署に連絡をする。

　もしそのどちらもできなければ青年が施設に来る瞬間を待ち、なんとかして会ってこう切り出す。自分も参加したい、あれから動画を観て真実に気づいたよ、だけどぼくにも準備がある、逃亡の手はずだとか万一にも足がつかないためのアリバイ工作だとか、とにかくそういったことを並べ立てて今日じゃなく数日後でどうだと言う、それで青年が話に乗ってきてくれたら、ここからやっと睡眠と引き換えに練った計画が始められる――と、右手の方に生い茂り道に影を落としていた木立がカーブに沿って途切れ、再び朝日が幾条もの光線を広大な畑の作物に注ぎ、その上を無数に連なる金色に輝く雲が風に流されていく光景が、パノラマみたいに一望できたものだからぼくは思わず速度を緩めてしばらくのあいだ見入っていた。

　青年が話に乗ってきてくれたら、では一旦は居住区まで戻ろう、どこか静かな場所で施設襲撃の作戦を立てようじゃないかと言って、どこかの店にでも連れ込み隙を見てこっそりと通報する。通報の前後で怪しまれたり、あるいは企みが露見したときに備えて最後の手段として銃を盗んだんだ。また木々の枝がパノラマを隠してしまい、さっきまで消えていたライトが忙しく再び点灯。けれど割合とすぐに現れた次のカーブで減速した道の右手には誰も採らない蜜柑か何かの生い茂った木立があるけれど、それは道路下の斜面に沿って生えているおかげでまた光に照らされた畑がさっきよりもはっきりと見える。

「動くんじゃない。こっちにも銃があるんだからな」とかなんとか言って銃で脅しておいてから、両手を上げたまま動けない青年と対峙しつつタンマツで警察か特区の警備に連絡を取っている自分の姿を想像しながら、またこれらの計画の一切を成功させるためすぐ施設へと駆けつけることのできる場所に車を停めて待っている自分を想像しながら、もはや自分で考えついたのがこの方法しかないっていうのに、どう考えても失敗しそうな気しかしなかった。

なんなら揉み合い、腹を撃たれてうずくまる自分の姿の方が、あるいはもう少しで青年と出くわす至近の距離にまで居ながら恐怖に打ち負かされて運転席のシートを倒して隠れようと身を縮めている姿の方が、ずっと簡単に想像できた。

そして、あほらしいことだ。実にあほらしいことだけどそうして痛みにのたうち回るか小便でズボンを濡らす代わりに命を拾う方を選択する哀れな自分が、ぼくは愛しくてたまらなかった。うとうとして朝日に起こされる前の、そう、ほんの少し前までそうだったんだ。

けれどなぜだろうか。黄金色の雲を、その下で風に吹かれ波打ち、光の氾濫に身悶えして喜んでいるみたいな畑の作物を見ていると成功しそうな気がしてくる。何もかもが上手くいって警察の慰撫と感謝に頭を下げつつ、青年が連行されているのを見送る自分が見えだしてくる気がして――

そういえば、とぼくは車がほとんど停車するまで速度を落としながら、畑に目を凝らした。やはり人間の姿など見えない。そりゃそうか、朝早いんだからさすがに外国人たちも働いてないか。でももしかするとあるいはと穂波の中をあぶくみたいに外国人労働者の顔が浮かび出ないかと期待しつつ、そのついでみたいに目を施設の方に向ける。施設の方角は特に明るい光の筋が注ぎ落ちているため見えづらく、辛うじてぼんやりと捉えることのできる駐車場には前に来たさいには停まっていなかったバンが一台乗り捨てられてあって、まさか――そうぼくは思ったし、悪いことにちゃんとそのまさかだった。

畑の中に進入して施設までの道を全速力で飛ばした。見えてきた駐車場に停まるバンの車体には運送会社の名前と連絡先が書いてある。けれど、まさか本当に青年が施設の中に居るとはこの時点でもぼくは信じられないでいた。その癖に駐車場に車を停めながら銃を後部座席の足許、それもなるべく外から見えづらいようドアに沿って斜めに寝かせることで、もし青年がこちらに気づいたとき丸腰なんだと主張できるよう隠すことを忘れない。

車を降りて、施設の正面玄関に入るべきか逡巡する。もしすでに青年が建物の中を血の海にしていたのなら入ったことで自分も共犯者として警察に逮捕されてしまうんじゃないか？　けれど青年が犯行を終えた時点で使われた銃について責任を取らされることは決まっているわけで、どちらにせよぼくの両手にはもう手錠がはめられているも同然なのだからと考えつつ、だけどやっぱり逡巡させている最大の理由は恐怖だった。

どうするべきか迷った末そろそろと玄関に近づいていく。ガラスの大扉から中を見ようとしたけれど日光を反射させているせいで何も見えず、ただ薄暗い廊下と受付のある例の職員が居た部屋の扉が窺えるばかり。それでも恐ろしい予想の中にあった血塗れの廊下や、あちこちに散らばる死体はないようで銃声も聞こえてはこない。意を決して扉を押し開ける。とても静かで、そう、本当に静かでこれはもしかすると青年はまだ来ていないんじゃないかと思うほどだった。代わりに自分の内側で心臓の打つ音が鳴り響き、こめかみの辺りが痛い。音もなく閉まる扉に身体を滑り込ませて受付の窓に駆け寄る。そしてまた微妙な逡巡に陥りかかり、ここまで来て悩む暇があるもんかと思い直して窓を叩いた。返事がない。出勤してきていないんだろうか？　でも、だったらどうして玄関に鍵が掛かってなかった？　ならやっぱり居るはずだからと声をかけようとして、いや、何しろ急ぎの用事なんだ。

ぼくは受付の横のドアノブに手を伸ばすと思い切って開け、「失礼します。大事なことを伝えたくてですね」と言って中に入ったのだけど部屋に明りは点いているのに誰も居ない。居た。部屋の真ん中の机の向こうに。というかその下の床の上に。なぜだかロッカーがぼくの立つ方に背もたれの側を向けてある椅子の上に倒れ掛かっていて、そのせいで見えなかったけれど居た。前の訪問時には壁際にあったはずのロッカーが倒れている時点でこの部屋に異常が起きたことは明らかなのだけど、それを異常だと思わなかったのは机の向こうの床に足が四本転がっているのに意識が向いたからだった。

見えているのが足でよかった。これで椅子に凭れているロッカーがちょうどいい塩梅に視界を妨げておらず、事切れた職員の顔をはっきり目にしていたのなら腰を抜かしていたはずだ。二本は職員の足だろう。するともう二本は誰のだ？　献体者の一人だろうか？　まさか青年が自殺をしたのか？　と、ぼくはどうあっても足の反対の方にだけは視線を向けないようにしながら、穿いているのが紺色のズボンであることから警備員だと気づく。

そうか、職員は一人だけど施設内を巡回する警備員は居るというか居たんだな。その人物が巡回を終えて出ようと玄関を開けたところに青年がやってきて。あるいは堂々と車で乗り付けているのだから特区内のどこかで捕まえた警備員を銃で脅して玄関を開けさせ、職員の居る部屋に連れ込んだ。それで警備員と職員は果敢にも抵抗する素振りを見せたけど青年の返り討ちにあって――そんなところだろう。

で、そう。もうぼくには何もやることがなかった。計画はおじゃん。銃は使われてしまった。それなのに青年に向かって仲間にしてくれなんて言っても意味がない。

やはり老人の言うとおりどこまでも逃げて、何を追及されても知らぬ存ぜぬを貫くのが正解だったんだ。ぼくは関係ない、そうは言っても責任を取れと会社は言い、情報バンクに銃の紛失に端を発する殺人事件の関係者として記録される。ポイントの査定はどん底にまで落ちていくけど、それでも濡れ衣なんだと繰り返し言い続けるしかない。それが、これからのぼくに待っている人生なんだ。

そうと決まったら一秒でも早くここから逃げ出そう。家に帰るんだ。家に帰って、ずっと曖昧化していた位置情報を更新する。もし運が良ければアリバイになるかもしれない。

そうだよ、一刻も早くそうしないといけないんだよと再びドアノブに手をかけて部屋を出たところで、ほとんど真正面の合皮の長椅子に腰掛ける青年と目が合った。

「どうして居るんです？」と青年は疲れのたまった、上ずったような声で言った。

「どうして？　止める、うん……止めた方がいいと思って来たんだ」

そうぼくは正直に答える。不思議とあんまり怖いとは思わなかった。

「そうですか。もうやっちゃったんですよ。でも、二人だけ」

「二人だけ？　あそこの職員と、それに警備員の二人？」

ぼくは青年の顔をまじまじと見つめた。顔には困ったような、またどうにも釈然といかないっていうような表情があって、

「どこか怪我でもしたの？」と、重ねて訊くぼくに青年は頷いて、

「この銃って本来は人が使うためのやつじゃないから、引き金がないし弾のリロードもできなくて、だから検索して、で、検索するとね、銃の改造の方法が出てきて。それでなんか、色々と道具を揃えてやってみたんですけどね。そしたら撃てるようにはなったんです。でも、二発目を撃つために取り付けたレバーを引くんですけど、それがすっげえ重くて。引くのに手間取ってたら警備員が先の尖った棒みたいなので突いてきて。右腕です」

そう言うと左の手で押さえていた右腕を軽く持ち上げてみせ、顔を歪ませた。

「血が出てるじゃないか」

「そうなんですよ。まあ、あんま痛くはないんですけど、薬持ってくればよかった」と言って青年は例の笑顔を浮かべる。どうやら今日は錠剤を飲んでないようで唇の先から飛び出た舌は葉のような色ではなく――

「おれの腕はどうでもいいんです。そっか、おじさんおれを止めにきたんですね。いやでも、良かったです。すごい発見なんですから、誰かに言いたいと思ってたところだったん

で」

「ザイコたちを見たの？」

「いや……車に乗せてくれませんか？　もうここに用はないって分かったんで」

「ええと、あの二人は本当に死んだの？　もしあれなら救急車を……いや、ううん」とぼくは言うというか、唸る。もちろん青年を車になど乗せたくはない。かといって職員と警備員の命を救うためにここに残っているのも嫌だった。一刻も早く家に帰ろうとさっき決めたばかりで青年の願いも人命救助も自宅から我が身をより遠ざけてしまうものだったから。で、

「大丈夫、絶対死んでます。胸と頭ですもん」

そんな渋っているぼくの心理状態を察したらしい青年はそう言って、長椅子に寝かせてあった銃の先端を左手で握ると振ってみせた。

「わかった。だけど、君の車は表にあるバンだよね、あれはどうするの？」

銃を見たことで、そうだよ、人殺しと対面しているんだとようやく実感が湧いてきたぼくは頷きながら訊くと、

「あれは、捨てていきます。もう勤め先なんてどうでもいいし」

「でも、それじゃすぐに足がついちゃうんじゃないの、いや、余計なお世話だけど」

内心ではぜひ早く足がついて捕まってくれ、そしてできるだけぼくのことを警察には事件と関わりの薄い人物として話してくれと願いながら重ねて訊いたら青年は言う。

「それでいいっていうか、計画じゃ捕まるつもりだったんで。逃げる場所とか考えてなかったし、それに逮捕されたら裁判じゃないですか。ある意味じゃ、誰にも邪魔されないで

真実を話すことができる機会でしょ？　何しろ裁判ですからね、この特区の中で何が行われているのかを『企業』だって説明しなきゃいけなくなる。変にごまかしたら、それこそおれみたいにからくりに気がついた人間が、ギフトライフ制度の闇を暴くため後に続いてくれる。そのためにも捕まるのは大前提だったんです。社会に向かっておれが見た真実を国民に伝えるつもりだったけど、何か別の方法を探さなきゃな。とにかくあれは乗り捨てていきます」

　ぼくと青年は外に出た。車に乗り込む際、後ろの座席の下に隠してあるもう一挺の銃に気がつかれるのではないかと思って焦ったけれど、どうやら青年の意識は痛む腕に集中しているらしく無言で助手席のドアを開けてシートに座る。

「どこに向かうの？　最初の計画を変更してどこかに隠れるつもり？」

　エンジンをかけ、でも発進しないで畑の中や道の曲がり角から誰か来ないかと緊張しながらぼくが言うと、

「ちょっと待って。どこに行こうかなって、隠れられるような場所がないか考えてますから」

　そう青年は言うから、

「あの山の中はどう？　家が何軒かあるんだよ。君も見たんじゃないかな、あと、そうだ。もっと上にあるドーム、ぼくはあそこまで行く道が分かるから、ドームの中に潜んでいるっていうのはどう？」

「ドーム、ああ、あそこの山のてっぺんの。でも、特区の施設になってるんじゃないかな……」

「いや、昨日行ったんだよ。君に言われて、そういえば子供の時に見たきりになってたなって思い立ってね。やっぱり、ぼくの記憶の通りだった。割合ね、きれいな状態のベッドなんか置かれた部屋もあったし、いいんじゃないかな」

あばら家か、それともドームにでも潜んでいてくれたら、ぼくも警察に説明する手間が省ける。ぼくはこれから自分がどうあっても追及される立場にならざるを得ないんだと腹をくくっていた。きっとぼくの元にも捜査の手が伸びる。それは確かなんだ。だったら、できるだけ協力して、真犯人であるこの青年を警察に渡すべく行動すべきだ——そう思っての提案だったのだけど、

「あんなところに隠れてたって、どうにもならないじゃないですか。店もなければ薬局もない。なんとかして街に行きたいんです」

福岡の居住区に着いたら、どうにかして東京に向かうと青年は続けて話しだした。「企業」の息がかかっていない東京の独立系メディアの動画作成者には、堂々と住所を公開している者たちも居て、裁判での告発を諦めなければならない以上は、彼らを通じて社会に呼びかけるつもりだと言う。

東京というからには、まさか駅か空港に向かえって言うのか？　と訊きたげに黙るぼくに対し、しばらく考え込んでいた青年は痛みに呻きながらシートベルトを付けると、ここから一番近い海岸に向かって欲しいと言った。最終的な目的地は東京だが、まずは海岸沿いの別荘に潜伏するつもりだ、そろそろ台風が来る時季にも近づいているからきっと無人のはずだし、中には食料や水の貯えもあるに決まっている、風呂もベッドもエアコンもある、包帯や痛み止めだって置いてあるだろうから、

「そこで腕の痛みが引くまで居て、後はね、日が落ちるのを待ってずっと磯や浜に沿って歩いてって居住区に向かいます。一晩も歩けば工場地帯には着くんで……そこはそこで外国人やおれみたいなのがうろちょろしていて、多分バレずに移動できるはずだから」

東京に向かって社会に云々という計画はともかく、なるほど確かにあばら家やドームみたいな崩れかけた場所よりも別荘の方がずっと快適そうだと思ったぼくは、

「海に向かうんだね？　分かった」

そう言って畑の間の道へと車を走らせる。ぼくは安心していた。これでいつ自分の身柄が警察に拘束されても大丈夫。なんたって潜伏場所を知ってるんだ。

誰とも出くわすことなく特区を出た。海に向かう道でも一台の車ともすれ違わなかった。できるだけ行動履歴を残したくなかったからナビを起動させず「玄界自然保護区20㎞」という標識の指し示す方角に車を走らせていると、フロントガラスに水滴が落ちてきた。やがて小雨になり、ワイパーが動き出す。

「おじさんはドームに行ったんですね」と、車が動き出してからは黙っていた青年が言うから、

「ああ。見てきたよ。さっき言った通りただの廃墟だった。ドームの下には重度不適性者たちが寝かされてなんかなくて、鬱蒼と木や草が生えてた」

そう答えると、

「じゃあ誰も居ませんでした？」とまた訊いてきたのに、

「完全な無人だったよ」と言うと青年が、

「こっちもそうでした。施設の中には重度不適性者の一人だって寝かされてませんでし

た」

と言ったのを聞いてぼくは疑いの目を向けた。

「重度不適性者の人たちが居なかったって？　特区の外の研究棟に移されていたってこと？」

「いや。あの部屋ね、シートで窓が覆われてた部屋におれ入ったんですよ。二人を撃ったあと急いで。で、あの職員、精密機器がどうとかって……」

「ああ、電波かなんかで機器が狂わないようシートを」

「ね、そう言ってたでしょ？　違ってた。機械なんてどこにも見当たらなかったんです。ただ古臭い段ボールとか、なんか学校で使うような椅子や机とかがごちゃごちゃに詰め込まれてるだけでした」

そう話すのを聞きながら、ぼくはドームの中心に向かう通路を思い出していた。

「そもそも、その、なんだ……ギフトライフ制度の希望者たちを寝かせるための場所には到底見えなかったんだね？」と訊けば、

「うん。だから最初これ、絶対におれ、部屋を間違えてんじゃんって思ったから、他の部屋も捜し回って、ね？　でも他のところも、どこにもそんな、ベッドとかも無いし、そもそも人が出入りできっこない感じの部屋ばっかで、やっぱり段ボールばっかで」

「じゃあ、誰も、一人も見なかったんだね？」

「そうです。だから言ったでしょ？　ギフトライフ制度は嘘だって。あの施設自体が制度の嘘を証明してたんですよ」

そう青年が言うけれどどうにも信じられない。胸か頭を撃ち抜かれて死んだ職員は、じ

ゃあなんのためにあそこに勤めていたんだ？　青年が言う通り生体贈与を募る制度は嘘だというんだろうか？

車は狭い道——元は居住区だったらしく家のあった場所を更地にして、そこに植林したものだから妙に整理されたような印象の木と木の間がすかすかな森を通る狭い道を走っていた。木々の隙間のずっと向こうに白い防波堤が見えている。

「あ、でもね、女の人が居ました」

青年が突然そう言った。

「重度不適性者の？」

「おれもそう思って。でも、通路の向こうからこっちに歩いてくるから、特区の従業員かと最初は思ったんで、銃を上げてあんた誰って」

「撃ったの？」

「脅しただけですよ。だって、腕が痛くて装塡できなかったし……そう、で、誰ですかって訊いたんですよ。そしたら結構近くまで来たときに、ああ、そうそう。その女の人、おれが銃を向けてるのに全然怖がってなくて。で、ええと、近くまで来てその女の人が、人を捜してるって言ったんです」

「人？　施設に人捜しに来たって言ったの？」

防波堤までたどり着いた。でも車を停めて下の浜に降りていくことのできる場所が見当たらない。それで、ぼくは海を見下ろしながら車を走らせる。

「うん。家族を捜してるって。重度不適性者の家族がここに居るかもしれないから会うために来たって言ってて。だからおれが、ここ誰も居ませんよ、あっちの部屋とか散々見て回ったけど、ベッドに寝かされている人の影も見当たらないって、そう教えたんです」

「そうしたら？」

「そうなんだって言って。ここじゃないんだって言って、なんか、また元来た方に歩いていきました」

「それで？　そのまま別れてそれっきり？」

「もちろん。その女の人の感じが、なんか目が虚ろだったし、おれも施設には用が無いって分かったから早く逃げなきゃってなってたし」

「誰だったんだろう……ここからならいけるみたいだ」

途切れなく続く防波堤に、ようやく砂浜へと降りていくことのできる階段が見つかって、ぼくは車を停めた。

「あ、なんか、その女の人が言ってたんですけど、施設に来るまえは重度不適性者の家族を落ち葉の積もった森で捜してたって」

「落ち葉？　どこのことを言ってるんだろう？」

「いや、分かんないです」

ぼくは青年と一緒に砂浜に降りていった。腕に怪我をした青年はもう銃の弾を装填できない、だったら——そう思ったけれど結局後部座席の下に隠した銃を持ちだすことはなかった。ただ行き先をこの目で確かめればいいんだ。それがぼくの未来を救うことになる。

銃よりも傘が欲しかった。コンクリートの階段を降りた先から、ずっと遠くにぽつんと見える別荘まで歩いていくのはずいぶんと時間がかかりそうだった。雨は強くはないけれど止みもせず、たちまちぼくの髪と肩を濡らす。上からだと見えなかったけれど、どこかの川の終点がここに辿り着いているみたいで防波堤の一か所が四角の形にくり抜かれ、ちょろちょろと水が砂浜に小さな溝を幾つも刻みながら海へと流れ込んでいる。青年はその樋になっているところまで歩いていくとまず手を洗い、それから顔を怪我していない方の手で何度も濡らす。

「やっぱり、言った通りだったでしょ？　嘘ですよね」と頬を伝って顎から水滴が落ちて服を濡らすのも構わない様子で青年は言い、

「何が嘘だって？　ああ、ギフトライフ制度のことか。どうなんだろう……ただ、『企業』が言っていることと実際の運用が違っているのは確実だろうね。施設も研究棟も、何もかもが予算を獲得するための方便に過ぎなかったんだろう。それでどっさりと予算さえ付いたら、あとは実際に薬を開発するかどうかは関係ない。もちろん薬はどこかでちゃんと開発してるんだろう、できたあかつきにはプレスリリースに生体贈与者への感謝の言葉が添えられるだろうね、それは嘘ってことになるけど、でも、実際に薬ができてるんだから支障はない。居住不能地区の電気や水道と一緒だよ。たとえ浪費であっても誰も文句をつけないし、『企業』が言うことに従っておいて損にならない以上は、そう、重度不適性者がどう扱われようと関係ないんだ」

そうぼくは言い、車の中で考えていたことを順序だてて言葉にできたことに満足を覚えて笑みを浮かべる。

「おれが考えてたよりも、ずっとえげつなかった」と、青年は感心しているみたいな口ぶりで話しだした。

「実験の材料にもされず無意味に生かされてるなんて、ザイコの人たちのことを考えたら、

おれ許せないって思ってたんですけど、まさか収容さえしてないんだもん。作戦を練り直さないと。別の方法で嘘を暴かないといけない……そのためにもね、どうにかして居住区まで行かないと」

そうして顔を洗い終えた青年は股に挟んでいた銃を手に持ち直して遠くの別荘を眺めた。

「じゃあ。車、ありがとうございました」と、言って、

「うん。気をつけて、怪我が早く治るといいね」と、ぼくは応じ、ふと、

「重度不適性者の人たちはどこに行ったんだろうね。『企業』が収容もせず実験にも使っていないんだったら」

訊いてみた。車中でも考えていて、またさっき話した際にもこれだけは分からなかったから。

「さあ。落ち葉の中じゃないですか？　もし分かったら、あの女の人に教えてあげてください。ずっと捜してるっぽいんで」

青年はそう言って笑い、銃を持った手を上げると背を向けて歩いていく。

車に戻ったときにはすっかり身体中が濡れていた。殺人者とついさっきまで一緒に居たという実感が湧くにつれて脱力し茫然、とはならずに割合と冷静な頭のまま、これからが勝負時だと気持ちを新たにする。まずは急いで家に戻らなければならない。車を発進させてさっき来た森の中を突っ走る。

天気はいよいよ悪くなってきていた。どこかで雷が鳴っている音が小さく聞こえ、老人の言う通りならドローンがおかしくなっているはずで、話に出てきたラオス人みたいに脱走を決意した外国人がちょうど今頃には畑にじっと身を潜めて駆け出すべきタイミングを

計っているかもしれない。

研究棟沿いの道に出た。まっすぐ行って高速道路に進入する。その間にもぼくは想像の中で外国人がずぶ濡れの身体を起こし、ついに走り出していった行く末を見守っている。飛ぶように走る彼の頭上にドローンがやって来る。けれど途中で急に高度を上げ、かと思えば大きな円を描きながら降下したりでまるで彼に追いつけない。ついに麓まで辿り着き、笹や折れた杉の枝で全身を擦り傷だらけにするのも構わず草むらに飛び込んだ彼をようやくドローンのカメラが捉える。

フロントガラスに時間を表示させる。八時過ぎで、このままなら十時前には実家に着いているはず。そう、それで、彼はどうなる？　ドローンは猛スピードで彼に近づいていく。だけど、やはり雷のおかげで不具合が生じていたカメラは自身の突進する先に杉林があるのを認識できていないらしい。中でも特に幹の太い杉の木にまともにぶつかって、折れて砕けたプロペラの破片や枝葉なんかと一緒に落ちてくる。あっけに取られていた彼は身を起こし、それから急いでドローンの残骸に歩み寄る。そしてその濡れた、皮の厚い逞しい手で銃を摑むと力任せに周りの部品ごとドローンから引き剝がす。顔を上げた彼の目は山のずっと上の方に建つ老人の暮らす家の屋根を見逃さない……

「四十八時間以上、位置情報が不明になっています。行動履歴をあなたの情報バンクと同期する、に同意をして、すぐにアップデートを開始してください」

「同意します」

不意に喋った声に思わず答えてしまった。ぼくは慌てて空想をかき消しながら、「キャンセル！　同意しない、キャンセルする」と言うけれどもう手遅れだった。フロントガラスの周囲と車に挿したタンマツの頭が青く光って、真ん中の表示画面には「同期中」を表す記号がくるくると回り続けている。

　さて、こうなると警察に移動履歴について尋ねられることになるだろう。なんて言えば怪しまれないか。記号と一緒にぼくの頭の中にも考えが経巡る。やがてタンマツが紫色に光り、アップデートが終わったことを知らせて――急に車の速度が落ち、「お使いのタンマツ、に停車するよう指示、を受けました。ハンドルに触らず次の避難帯、に停車するまでみだりに動かず警察車両の到着を車内、で待つようお願いいたします」という声がスピーカーから流れてきた。

　窓を開けようとしたけれど駄目。次いでドアも。こちらも開かない。別に逃げようと思ったわけじゃなかった。ぼくは運転席から腕を伸ばし、どうにか銃を取ろうともがいていた。早く捨てなければ。

「はい動かないで。そのまま避難帯までお願いします」

　首当てのスピーカーから男の声がして顔を上げる。フロントガラスの向こうにドローンが浮かんでいた。

　十分と経たないうちに、ぼくは後ろ手に手錠をかけられて避難帯の水たまりの上で突っ伏していた。二人いた警察官の内のひとりは後部座席のドアを開けて見るや、タンマツに向かい大声を出して誰かに連絡していた。雨はますます強く、地面にうつ伏せになったぼくの口元まで水が来ているっていうのにもう一人の方が顎を上げるなの一点張りで、ほとんど溺れる寸前のところをようやく引き起こされ、そうしてぼくはまた車中の人になったんだった。

東京に向かうリニアの車窓にはコマーシャルが映っている。その後ろを灰色と青と緑の景色が引き延ばされたように飛び去っていく。

10万PVを突破した人気動画を分かりやすく文字とアニメーションで解説！『Qは蘇る　北米大内乱の極秘シナリオの正体！』知の巨人による最新アメリカ情勢解説の決定版！「グレヤマ先生」でおなじみのグレートアゲイン・ヤマト先生ご本人による見所紹介動画はタンマツから……

いや。飛び去っているのは景色じゃなくぼくの方だった。

大変な目に遭ったけれど、あれからぼくはどうにか自由の身となった。自由？　いや、違う。帰ってきたんだ。老人の話していたとおり、元の生活へと戻るために、ぼくはリニアに乗っている。

青年が特区を出た直後に警備室では異変に気付いたという。施設内で警備員が心肺停止状態で倒れていると分かり、何かの事故に巻き込まれたのだろうかと駆け付けた者たちが職員室で二名の死体を発見し警察に通報した。ちょうど工場地帯に居た警察車両が「企業」の通報を受け大急ぎで向かっているとき、高速道路を驀進する一台の乗用車の位置情報が現れた。高速道路上の車両を管理する部署に連絡をしたところで、警察署から飛び立ったドローンが妙に左右に動き回りながら彼らのパトカーの上を通り過ぎていく。

「ああ、雷雨だと変になるんですね。ちょくちょく現場から報告はあったんですよ、ドローンの挙動が不審だって。さすがご専門だけあって」

身柄を確保されるまでのことを話してくれた警察官は、老人の受け売りを話すぼくに向かってそう言った。

だけどその会話をするのはもうしばらく先のことだった。パトカーで署に連行されたぼくは、数時間ばかり針の筵っていうやつを経験することになる。取調室では何者であるのか、住民番号登録はどこか――東京？　どうして福岡の特区に居るのか、出張ということは会社に勤めているのか、会社の名前はなんだ、何を扱っているのか、出張の日程はどうなっているのか、なぜ早朝に施設近辺を車で走行していたのかと訊かれる。

当然というか、ぼくが頭の中でそれこそたっぷり一晩とおまけにパトカーの中で考えていた善良な国民としての振る舞い方は、取り調べを行う相手にはまるで通じなかった。というか銃を持っている時点で特区の施設で起こった殺人事件と目の前に座る濡れ鼠の男――もちろんぼくだ――を切り離して考える方が無理であるに違いなく、まず当分は帰ることはできないから今のうちに署内のＡＩを使った弁護システムに個人情報を登録するよう言われた。

それが昼前のこと。取り調べは続く。すでに初めの時点でぼくはすっかり参ってしまい出張が決まった日のことから何もかもを「正直」に話した。

自分では上手く言えたつもりだったのだけど、警察官は少しも信じてくれなかった。けれど他にどう言えばいいんだ？　ぼくは真実を話した。そりゃ多少は塗り替えた。銃をめぐる職員や老人との会話は一切持ち出さなかった。真犯人である青年とは施設で初めて会ったことにした。青年に脅されて海辺まで車で連れていくはめになったっていう具合に。けれど大体は合っているんだ。ぼくは巻き込まれただけなんだって、とにかくそれを一心に伝えたんだった。

なのに相手の警察官はぼくの言うことに頷かず欠片も信を置こうとしないで、けれども疑いもせず、というか信憑性を吟味することとさえ放棄しているっていう感じの、表情のない顔でぼくを見つめていた。やがて昼食の時間だと言われ、何も食べる気が起きないと答えると外部に連絡しないと約束させられたうえで、自分のタンマツを使って弁護システムのチュートリアル映像でも見ておくよう言われた。動画を見始めてからすぐ別の警察官が足早にやってきてぼくを尋問する警察官と何やら話していたが、すぐ部屋を出てまたどこかへと歩いて行った。

昼休憩が終わり警察官は相変わらずぼくを見つめるのだけど、それはさっきの無内容な瞳ではないような気がした。

「じゃあ……もう一度訊くから。まず東京に住民番号登録がしてあるって言ってたよね？　ええと、福岡に着いたのは何日のことなの？」と、最初に訊かれて話していたはずのことを警察官が持ち出してくるものだからこちらはやはり「正直」に答えつつ、なんだか――そう、なんと言うか時間潰しに付き合っているみたいな妙な気分をおぼえた。

人気動画のコマーシャルが終わるとニュース映像がリニアの車窓に映る。

適性教育で「治安」の科目化を　違法デモの増加傾向を受け有識者会議で提言

その向こうには畑と森と山が広がっている。

で、釈然としないまま同じ話を繰り返し喋っていたら、さっき部屋を出ていった警察官がまた来たんだった。

「ついさっき犯人が特区近くの砂浜で捕まりました。海岸沿いの家に誰かが立ち入ったという通報があったので、あなたがお話しになったことを現場に向かう者に伝えたら、おっしゃる通りの若い男だったそうです。それでですね、病院の方から改めて連絡が来るまでのあいだ、もう少しだけここでお待ちいただきたいんですが。『企業』の方でも今回の件をですね、あなたと相談したいと言ってきていますもので、すみませんがよろしくお願いします」

取調室にやってきた同僚と小声で話していたぼくの話し相手はそう言って、さっきまでの乱暴な口調を謝るみたいに頭を下げた。

「ええ。えっと、あの男は病院に入ったんですか？」と、ぼくが訊くと、

「銃を手にして逃亡する様子だったんで居合わせた者が発砲したんです。ちょっと容態が良くないみたいだから、これからどうなるか分かりませんね。でも、あなたは夕方にはお帰りいただくことができますからご安心ください」

帰ることができる。ということはお咎めなしなのか？　そう考えた途端にぼくは身の内の緊張がほぐれて笑みがこぼれた。

今回の件に対処するために「企業」から人がやってくるというので取調室から廊下の休

憩のためのスペースらしい、長椅子が二つ並んで置かれた場所に移動することになった。警察官はさっきまでの冷たい詰問調をすっかり取り払ってしまったみたいで、気安い態度で職員用の自販機からコーヒーを持ってきてくれた。

「勤め先に連絡できますか？　今回使われた銃は会社が登録してるものですから」

受け取ったコーヒーに口をつけ、ようやく空腹をおぼえながらぼくが言うと、

「それは我々の方でしておきますので。気を揉むのは分かりますけど大丈夫です。一度照会のために連絡してあるので取り消しっていうか、あなたが犯罪に巻き込まれた被害者だって我々から伝えておきますよ。その方がね、会社に説明する手間も省けるんじゃないですか？」

「助かります。家族にも連絡とかってしてたりします？　その、逮捕されたって」

「ちょうどその前にだから、別荘地で捕まえたんですよ。現場からの報告があなたの言った通りだったんで、こりゃ取り調べは中止だってなったもんですから……ご家族は東京に？　ああ、そうですか。ご実家がこっちで？　なるほどねえ」

「危ないんですよね？」

「何がです？」

「いや、青年が……犯人が撃たれたということだったから、ちゃんと事情聴取をするときまで生きていてくれればいいけど」

「捕まったときには割と平気そうで、色々と喋ってたみたいですよ。はっきりと施設で二人を殺したのは自分だっていうことも言ってたそうで。だけど、腰から上に数発命中したとのことで出血の量がね……病院に着いた辺りから意識が怪しくなってきたらしいから、

確かに危ないかも分かりません」と話し、なお暇つぶしに――警察官は通報を受けてから施設に向かうまでの経緯を言い、ぼくの方はドローンが悪天候時だと不具合が生じると教えて、

「ああ、雷雨だと変になるんですね。ちょくちょく現場から報告はあったんですよ、ドローンの挙動が不審だって。さすがご専門だけあって」

この言葉を相手が発したのがだから休憩スペースの長椅子でのことだった。ちょうど話題が途切れたとき警察官は廊下の向こうに目を向けて立ち上がると、ぼくにもそうするよう促す視線を寄越して、

「じゃあ、『企業』からあなたにご説明がありますので、会議室に行きましょう」と言う相手につられてぼくも立ち上がり、こちらにやって来る男女――片方は若作りしている五十代って感じの男、もう片方は本当に若い女が付き添いの別の警察官と何やら談笑しながら歩いてくるのを眺めていた。

長椅子の置かれた場所から会議室に移動すると大きな机越しに男女それぞれから名刺を渡される。どちらも特区のPRに携わる肩書を持っていた。

「はい、じゃあ確認なんですけどドローンのリースをしてる会社なんですよね？」

上司であるらしい男の方は女が起動させたタンマツで何かを読んでいて、顔を上げないまま言い、

「勤務先のことでしょうか？　そうですそうです」と、ぼくが答えて言うと男は首を傾げて、その仕草がなんだか自分の返事に対して「あんたの勤務先のことを訊いたに決まってるだろ」と言っているみたいだったから、すっかり恐縮してしまう。

警察官たちは一緒に会議室に入ってきていたけれどなぜだか椅子には座らないで男女の、それもどちらかというと男の後ろに立ち、時折何かを訊かれては小声で答えていた。男たちの声は大きな机越しだと聞き取りにくかった。その中にあってかろうじて、

「それがいちばんきれいですね、収まり的には」と女が言ったのが聞こえるのだけど、それはそうとこの二人は話している間というもの一度もこちらを見ようとしなかった。ぼくは水たまりに浸かって汚れた服と、立ち上る生乾きの臭いのせいかと思って話を聞くふりをしつつ襟や袖に鼻を近づけていたら、

「今回の事件はね、あなたのご説明を下敷きにうちの方でこうしますんでね」

そう男の言う声に慌てて上げる、「こうしますって、どうすんの？」という言葉を呑み込んだ顔を。


リニアの窓の向こうには小山をなす砂礫置き場、廃材置き場、自動車とバスの廃棄場、培養プールの「海」が次々に現れては飛び去っていく。そろそろ降りる準備をしておくか。


それで、そう。男の説明を受けた結果、ぼくは次のような事件に巻き込まれたことになった。

施設に勤務していた職員と警備員、それに特区に物資を運搬する仕事に就いていた犯人はそれぞれ知り合いで、度々規則に反して業務時間外に施設内の一室に集まっていた。事件の当日、三人の間で何らかのトラブルがあった。ところで職員か警備員か犯人か、その三人で共謀したのかは不明だが、以前に施設内に落下したドローンに付いていた銃を外し

たうえで改造を施し職員室に隠匿していた。些細な口論から始まった喧嘩の末に三人の内の誰かが銃を持ち出した。制止しようとする者と揉み合いになった際に銃が暴発。この時点で職員か警備員のどちらかが死亡したものと思われる。さらにパニックになったためか、あるいは元から怨恨があったのか犯人は残りの一名も射殺した。その後ロッカーで死体を隠そうとしたらしい行動を取ったことや、施設内をうろついた形跡があることから、この時点で犯人は事件の隠蔽と逃亡を意図していたと推定される。そこに一人の男がやってくる。施設内に墜落したドローンの回収をするため派遣されてきたこの男は、三日前に職員が銃を取り外したと知って取り返そうと試みるが高額のポイントを提示されて翻意する。だが、昨年にも特区ではドローンから銃が紛失する墜落事故が起きていたことから、休暇を使って付近を調査、山中で一年前の銃を発見するにいたった。発見の余勢を駆ってもう一度職員に銃を返還するよう言いに来たところ犯人と鉢合わせをする。脅迫された男は浜辺まで犯人を車に乗せたあと解放され、通報圏内である居住区まで移動しているところを警察によって保護された――

「ここだけの話ですよ。最終的には事故って形に持っていきたいんですけど、それは犯人の容態次第なんだもんな。でもまあ、一応あなたは今言った感じの目に遭ったということでお願いします」

「本当に助かります」

そうぼくが言って頭を下げると、これで上手く収まったなというように男は後ろに控える警察官の一人に目を向けて椅子から立ち上がりつつ、

「ああ、ポイントなんですけど。あれね、確かにあなたに振り込まれていますね。別に返

してもらっても構いませんが手続きが面倒ですんで、勝手に使ってくれていいですから。自動的に施設の雇用の更新は停止します。情報バンクにはこちらから説明しておくんで経歴に傷がつくことはないでしょう」と男はなんとも寛大な提案をしてくれたものだから、もう一度ぼくは深々と頭を下げた。

「特区のイメージアップに使えないかなあ、この事故。逆にさ」

部屋を出た男は何度も首を傾げて——どうやら彼の癖だったみたいだ——言う声と、「ああ、できそうですね、ホラー風に仕立てて」と答える女の声が響く廊下に自分も警察官と一緒に出ながら、そういえば重度不適性者の人たちはどこに居るのか、行ったのか——この疑問の答えをあの男なら知っているんじゃないかと思ったけれど、ぼくは訊かないことにした。

もしも裁判が開かれたならば証言をしてもらうかもしれない、また現場検証にも同行するよう連絡が行くことになるかもしれないが、

「『企業』から今回の一件は内密にと言われてますし、それに男の容態も良くないようだから、もうこれでおしまいだと思います」

警察署の玄関まで見送りにきた警察官から最後に言われた言葉がこれで、

「そうなるといいんですけどね」

とぼくは言ってまたまた頭を下げる。

疑いの目から逃れ去ることに成功！　服が臭いのも空腹なのも寝不足なのもどうでもいい。それに重度不適性者の行く末も。何しろぼくは再び提案と同意の心地よい世界に立ち戻ることができたんだから。シェアカーに乗るため——前に乗っていたのは高速道路でお

別れとなっていたから――専用駐車場まで歩いていると所長から連絡がきた。事件に巻き込まれたと知り驚き、かつ無事だったことに安心したと通話口の向こうで所長は話し、

「ひどいトラブルに巻き込まれた中で銃を見つけだしたって聞いて、びっくりしましたよ。上と掛け合って、ちょっとぼくの方からプレゼントがありますんで、後でタンマツの方を確認よろしくお願いしますね。あ、残り少なくなっちゃっただろうけど、連休楽しんで」

と言ったから、どうせまた安いホテルなんだろと思ってタンマツを見ると、高級レストランの食事券が届いている。あの男もどうしてなかなか気が利くところもあるじゃないか、と気分が良くなって辿り着いた駐車場から一台の車に乗り込んだ。

「補助運転モードで、目的地まで向かう、を選択しました。ご使用のタンマツから、情報の汲み上げを行う、に同意しますか？」

「もちろん同意します」

　シートベルトを付けながらぼくは機嫌良く言う。

　米軍基地の近くを通るため真っ暗になって、それですぐに見えだす廃マンション、工場の跡地、また山と森と畑。車に乗り込んだぼくは一日ぶりに実家に帰った。たった一日だけど、このときほど馴染みのある家の外観を、また室内の灯りと家具や調度を、何よりも居間で出迎えた父と母の顔を懐かしく思ったことはなかった。

　昨日から一度も連絡を寄越さず、せっかく予約していた店にも姿を見せずに外泊したことを咎める両親に対してぼくは「事故」に巻き込まれた顛末を語った。息子の説明を耳にして両親の顔には信じられないといった驚愕と、そして次第に湧き起こる安堵と疑念――本当に大丈夫だったんだね？　もう危ない目には遭わないんだね？　と訊ねるのをぐっと

堪えているような表情が次々と浮かんでいた。

「だから危ないことはしちゃ駄目って、あれだけ言ったのに！」

話し終えたぼくが母から最初に言われたのが、この温かい叱責の言葉だった。

「警察だって『企業』のグループに入ってるんだから、もうちょっと居住区の外まで巡回してくれていいのにな」

父はといえば警察が居住不能地区からの通報に対応しないことへの不満を洩らし、それをもってぼくの一時的に陥った苦境への同情を示そうとしてくれた。なおぼくは話のついでみたいに東京に帰る日をさらに二日延ばすこと、埋め合わせとして三ツ星レストランのディナーチケットを会社が提供してくれたから昨日行けなかった外食に連れていくことを伝えて、両親を喜ばせたんだった。


居住区再編で効率化が過去最高に　不要インフラの撤去率を元に政府試算

そう、ぼくが親を喜ばせたのと同じくらい父からも嬉しい報告があった。居住区の再編で今の家を立ち退いたあとに両親が住むよう提案された場所というのが、とても素晴らしい立地だった。閑静で街の中心部に出ていきやすく病院が多くて、そして何より外国人や貧困層の多い工場地帯から離れている。申し分のない場所を終の棲家に引き当てたというわけで、母なんかはまだ先のことだっていうのに部屋の内装を考えるのに忙しいと笑っていた。

それにしても事故から三日が経ったのに、あれから一度もニュースで特区のことは流れてこない。今日あたり映るんじゃないかと思っていたけれど、とリニアの窓を見るとコマーシャルが始まった。

100億ポイント配ります　資産運用の神が本気で成長したい貴方に託すラストチャンスを逃すな！

ポイントの一件を不問にしてもらったのは本当にありがたかった。あのポイントは、そうだ。全部妻に渡そう。妻はきっと喜ぶ。喜んで、そして彼女は自分じゃ使わないで子供たちのために使いましょうと言うだろう。その言葉を聞いてぼくも喜び、ますます彼女を深く愛するようになる。立派な、自らを犠牲にして子供たちに尽くすことを惜しまない女性と暮らせている実感をあらたにする——

生き残るための教育はゼロ歳から始まる！　お子様の海外留学に特化した学習支援専門チャンネル　来年4月からの視聴者枠の申し込みスタート

またコマーシャル。そうだ。些細な出来事だったんだ。巻き込まれた身からすれば大事には違いないけれどニュースになるようなことでもなかったんだろう。

レストランでの食事を終えた夜、実家の部屋で休んでいたら妻から連絡がきた。ぼくはまるで連絡をしなかったことを詫びてこの数日の出来事を妻にも話した。映像で顔を見せる彼女もまた両親と同様に驚いた様子で、でも、

「無事でよかった。ほっぺの赤いのは傷？　あ、警察に取り押さえられたときの？　大変だったね」と心配そうにぼくの顔を眺めていたから、

「平気です。そう、ポイントをね……」

大量のポイントを手に入れたと言おうと思ったけど東京で会ってからにしようと考えなおして「いや、子供たちは元気にしてます？」と訊くと、

「元気ですよ。元気過ぎて疲れるくらいで……ねえ、本当はね、あなたが帰ってきてから言おうと思ってたんですけど、ほら、病院に行ったでしょ？」

「うん、あのときはごめん。連絡もらったのにひどいこと言ったね」

「え？　ああ、急いでたからこっちこそごめんなさい。それで、それでね」

そう、妻が話しだしたのは長男を連れていった病院で次男の適性検査を受けなおすように医者から勧められたのだという。

「前回に使用した検査のキットが不良品だったことが分かって、だから全国で再検査のお願いをしてるってそのお医者さんが言うから、それじゃ明日にでもお願いしますって」

「結果は？」

次男の適性には問題がなかった。その確定の連絡を受けたのがちょうど山のあばら家で外国人労働者たちのトークルームを探していたときで、憂いの取り払われた妻は子供たちを撮影しながらわざと次男を映さずに、ぼくが連絡を返したさいに、下のチビも元気にしているのかと訊くのを期待していたのだと言う。

「そうだったんですね！　ぼくは……そう、山の中で銃を捜してた最中だったから」

「ええ。なんで返事くれないんだろうって、あのときは少しむっとしました。でも、事故に巻き込まれてたなんて知らなかったから」

母が未来の新居の装いに今から心を砕いているのと同じく、妻もきっと子供たちは全員ちゃんと適性の通りに育ってくれる、そうして日本国外で高収入が望める勤め先を見つけて、わたしたち夫婦もいつか外国で悠々自適の老後生活を送ることができると笑顔で言う。

「気が早いね。海外に住んで、それでも日本にもたまに帰るんですよね？」と、話を聞き終えたぼくも上機嫌になって訊くと、

「観光にね。それに死ぬのはやっぱり日本がいいかなって思いますから。安楽死するときに帰ってこようね」と妻は言い、ぼくも、

「そうなったら素晴らしいだろうね」と笑って答えたのが昨日の夜で、今朝がたに実家を出てリニアに乗り込み東京に向かっているってわけだった。


夢を育む国づくり　出生者数、１００万人までもうすぐ！

適性ある健やかな子供こそ日本の希望！

憂いなく安楽死できる社会のため人口バランスの調整にご協力を！


雲一つない青空を背にした富士山の前を次々とスローガンが表示される。これればかりは窓の方に映っているから飛び去っていかない。そろそろ東京だ。

そう。憂いなく、だ。何もかも満足のいく収まり方をした。これが秩序との調和ってや

つなんだよ。社会とぼくとが、互いに少しも反り返らずに身を寄り添わせていることでいくらでも安寧に浸っていられる状態なんだ。もう他に何を望む？　あと二十分も経たずに東京だ。さらに電車を乗り継ぎ一時間で懐かしの我が家、子供たちと妻、ぼくの懐にはポイントがどっさり。何もかも満ち足りているじゃないか――とぼんやり考えながらも何か、まだ何か一つ足りない気がしていた。あと一つぼくは何かを忘れている。

そう、そうだ。あの日の夜、ディベートのあと天蓋のある施設で迎えた夜のことだ。思い出した。

外の展望台で女の子と話したあとの夕食の席上で、ぼくはタキザワと仲直りしたんだ。

「おまえ、怒んなって」と、もう憎みあう用意はしていないのを示す笑みを浮かべて隣に座るタキザワは言い、

「おまえだろ」と、ぼくも笑顔になりながら互いの友情に少しの傷もついていない喜びを声に表して言った。

夜には自然体験と称した肝試しがあり、翌日の帰宅に備えた注意喚起を教師から受けたあとは、それぞれの班にあてがわれた部屋で就寝までのちょっとした自由時間を過ごすことになった。一つの班に人気者が一人居ると、他の班の同級生もぞろぞろと部屋に遊びにやってくる。ぼくの寝る部屋で言えばトノくんがその人気者の一人だった。トノくん目当てに男子が集まり、お調子者の一人が女子を呼びに行って、そうこうするうち部屋には二十人近くも集まった。

集まったからって何かをするわけじゃない。ただそう広くもない部屋にクラスメイトたちがひしめいているのが単純に面白かった。そこに見回りと、また自分たちの成果の証と

して自由時間の模様を撮影しにきた教師――ドームを見上げていたあの若い教師が訪れ、「ディベートの続きでもしてるの？」と自分に向けられた四十近い眼球にたじろぐように言ったから、

「これからやろうとしてます。もう一回同じテーマでやったら、何か答えが変わるかなって思って」と、それまでタキザワと差し向かいでばか話をしていたぼくは答えた。

冗談で言ったつもりだった。ちゃんと時間がきたら自分の部屋に戻れよ、と立ち去ってくれると思っていた。だけど、この答えは予想外に教師を感心させたものだったらしい。自発的にディベートを、それも先生たちの監督を受けずにやろうというのはとても素晴らしいことだ、ぜひやって見せてくれ、そして様子を撮影させてくれと若い教師が言うものだから思わずぼくは他の同級生たちを見回した。

わざわざ、ねえ？　せっかくの自由時間なのに――そう言おうとするまなざしで見てみると、これも意外なことに、

「ぼくらのクラス限定でもう一回ディベートね、いいじゃん」と、トノくんが言った。

人気者の彼の一言によってみんなも賛成した。別の班の何人かが居ないため呼びに行くことになって、始めるまで五分かそこら時間があった。そこで、ぼくはタキザワに話しかけた。仲直りの記念にひとつ知ったばかりの秘密を教えてやろうという軽い気持ちで、そういえばさっき外に抜け出てたんだけどさ……

「本当に？　そう言ってたの？」

タキザワの驚いた声に振り向いた別の同級生たちにも、ぼくは同じことを話してやった。

妹がね……なんだってさ。それでさっきのディベートで変に熱くなって反論したんだって。

一様に同じ驚いた顔。開き、すぐに笑みによって細められる瞳。そりゃそうだ、重度不適性者が家族に居る生徒なんて教室には一人も居ないとみんな思ってたんだから。やがてクラス全員がほぼ揃い、もちろんその中にはあの女の子の姿もあった。教師によって部屋のドアが閉められると、司会になることを申し出たスギノさんが二回目のディベートを始めますと大きな声で宣言した。それから本当は先生たちに配られたディベート用の資料なんだけどね、と教師がスギノさんにタンマツを渡して、表示された文章を読み上げるように言った。

「……本委員会が専門に扱う対象である生体贈与希望者の大多数を見込む重度不適性者とは、生命を維持するうえで第三者による全般的な介助を日常生活の大部分において必要とし、かつ現在の医学においてその状態の改善が困難な者である。また重度不適性者の大多数は自らの意思を表明しえない、つまり本人による安楽死の申請ができない状態にある。問題として現在我が国でも安楽死の実施にあたり採用されているオランダ・ベルギー方式の根幹的な……」

言葉が途切れたスギノさんに向かって、

「キョダクって読むんだよ」と教師が横から助け舟を出す。

「許諾……条件である本人の意思を尊重し、判断の裁量を有する医師が確認したうえでなければ生命活動の停止措置を行うことは許可されないという点をクリアできない懸念が生じ、この点が解消されない限り生体贈与制度の実施は現状困難であると思われる。この問題は個人の自己決定の意思を尊重する欧米的な価値観が障壁となって現れていると見るべきで、ここで日本の伝統的家族にふさわしい同意のあり方を提言させていただきたい。つまり我が国において贈与された生体を、事務的行政的な停滞なく速やかに運用し活用するためには必ずしも本人の希望と、慎重な確認作業を経たうえでの同意を生体贈与の、ひ……」

「ヒッス」

「必須の要件としなくてもいいのではないか。むしろ介助する家族の負担軽減を主眼に置くことこそ、日本の家族観に合致するのではないか。一例として重度不適性者の家族が、その者を介護するにあたって経済的な負担があまりにも大きい場合など、これはもはや安楽死の許諾条件であるところの本人の苦痛が著しいものと同等の状態であると認めていいのではないか。そうした負担に耐えられないと判断、この場合では家族の中でも夫婦のうち夫、または父親が望ましいが、いわゆる家長が判断したさいには代理の同意書と行政に委託された医療アドバイザーによる簡潔な診断があれば、本人の同意と同等の効力を持つものと認める方向でギフトライフ制度の法的な足場づくりができないか。加えて生体贈与は情報バンクを活用して困窮家庭に限っては倫理審査を簡易化するといった案なども含めて、今回は大いに議論していただければと思う……」

スギノさんが片手に持ったタンマツに顔を俯けて長々と読み上げた。その横顔を教師が別のタンマツで撮影していた。

ディベートが始まり反対派、つまり同意の撤廃に反対する立場の生徒が前の時に出たのと似たような意見を言い、撤廃して問答無用で重度不適性者を収容してしまえという賛成派が、やはり前回と変わらない反論をして――やはり、これもさっきと同じようにあの女の子が立ち上がり、制度化され選択を迫られたうえでの同意など同意ではないと話しだした。

そう、展望台で彼女が話していたことだった。他の同級生たちがその意見を聞いてどう思ったのかは分からない、中には感銘を受けた者も居たかもしれない。だけどぼくはすでに聞いていた。だからすかさず反論することができたんだった。

「反論させてください。ディベートの前提をあなたは覆そうとしているけど、そのことにぼくは反対します。社会から提案された選択はしたくない、同意は無効だ、けれど重度不適性者と共に生きていきたいなんて、そんなの身勝手じゃないですか」

女の子は黙っている。

「選択を迫られるっていうと、まるで不可能なことを無理強いされるみたいな言い方だけど、そもそも不可能なことなら提案されるはずがないじゃないですか。提案されるということは、それは同意できるってことだと思いますけど、違いますか？」

やっぱり女の子は黙っている。

「同意できるんだったら同意すればいい。そこに理由が見当たらないなら見つけるしかない、例えば重度不適性者と同居しているために家族が貧困に陥っているとか、自分の将来を圧迫してるとか……いくらでも同意できる理由はあるじゃないですか」

彼女は黙っていたけど、まっすぐにぼくを見ていた。

「どうですか？　重度不適性者の妹さんを国に委ねる代わりに自由になるなら。本当は望んでいるんじゃないですか？　そのことを認めるのが嫌だから、制度だから選択させられてるからって言い訳してるんじゃないですか？　こうしましょう。ぼくが役所の人間だとして、役所の窓口でぼくから提案されたとして……同意しますか？」

タキザワと、それに何人かの先に教えていた連中は薄ら笑いを浮かべていたけれど、他の同級生たちはぼくの言った言葉の意味をそこで悟り、好奇の目で女の子の返事を待つ。

「わたしは同意しません」

彼女は一言だけそう言うと、立ち上がり部屋を出ていこうとした。

すかさず同級生の誰かが「妹の同意を取ってくるの？」と彼女の背中にからかいの言葉を投げかけて部屋中で笑い声が起こる。妙な展開になったと気づき、でも責任を取りたくはなかったらしい若い教師が慌てて撮影を止めて部屋から逃げていくのも、いっそうぼくらの笑いを大きなものにしていったのだけど——そう、その中でひときわ大きく聞こえていたのはぼく自身の声だった。

今にして思えば悪いことをしてしまった。部屋を出て行く彼女の後ろ姿を思い出し、可哀そうだったと同情しながら記憶の中で見送る。

元気に過ごしてるといいな。

心の底からそう思った。それにしても、あのドームの中が森になっていたなんて……そうだ！　ぼくは気持ちを明るい方へと切り替えてこれからのことを思い浮かべだす。来年になったら今度こそ家族で帰省しよう。そうして山登りをするのはどうだろう？　いや、それをするにはまだ下の子が小さ過ぎるか……だったら長女と次男は妻に任せて、ぼくはあの風邪っぴきと一緒に行こう。ドームに連れていってやるんだ、ああいう廃墟が男の子は好きに決まってるからな。そう、東京のマンション暮らしだから暑い時期なのに風邪なんか引くんだよ、自然の中を歩いて回るのはあの子の健康にもいいだろう。今の時期よりはもう少し涼しくなってきてからの方がいいかもしれない。山登りに適した服や靴はあったっけな、もし家になければ買ってやろう、帽子も忘れずに。草むらの中を歩いてもいいように虫よけスプレーをして、それから水筒も。探検するんなら手袋や懐中電灯も必要かもな。

ぼくは息子とドームの天蓋を見上げている自分の姿を思い浮かべつつ立ち上がった。胸の内を未来の楽しみが満たす。そうして車両の出入り口に向かって歩いていったその次――開いたドアから降ろされた足がホームの地面に着いた次の瞬間には、さっきまで誰かのことを哀れんでいたはずだったのにもう思い出せず、けれど別に支障があるとも感じていないんだった。

【参考資料】
松田純『安楽死・尊厳死の現在―最終段階の医療と自己決定』（中公新書）

初出　「新潮」二〇二一年七月号

装画　森　優

著者紹介

古川真人

一九八八年七月福岡県福岡市生まれ。

國學院大学文学部中退。

二〇一六年「縫わんばならん」で新潮新人賞を受賞。二〇一七年同作が第一五六回芥川龍之介賞候補に、「四時過ぎの船」が、第一五七回の候補となり、第一六二回の同賞を「背高泡立草」で受賞。

神奈川県横浜市在住。

ギフトライフ

著 者
古川真人《ふるかわまこと》

発 行
2023年2月25日

発行者 佐藤隆信
発行所 株式会社新潮社
162-8711 東京都新宿区矢来町71
電話 編集部 03-3266-5411
読者係 03-3266-5111
https://www.shinchosha.co.jp
装幀 新潮社装幀室

印刷所
大日本印刷株式会社
製本所
加藤製本株式会社

乱丁・落丁本は、ご面倒ですが小社読者係宛お送り下さい。
送料小社負担にてお取替えいたします。
価格はカバーに表示してあります。

ISBN978-4-10-350743-7 C0093